一個價值連城的小忙
A Priceless Favor
下
白狐 著
大介 繪

Chapter 21

「總裁還在生氣。」

這是安東尼第三次對著電話這麼說，前兩次分別在二十四小時和四十八小時前，他感覺得到自己的說服力逐次降低。

「可是，我看他離開的時候，不像在生氣啊！」

電話另一頭，連城聲音裡的沮喪也是一次比一次明顯。

「有些情緒，往往是後來才浮現。總裁離開之後，越想越生氣，也是極爲可能的。」抱歉了連老闆！特助的飯碗很重要，他必須小心捧好。

「東尼……老實告訴我，是不是總裁命令你這麼說？」

「假設總裁要我這麼說，不就更代表總裁眞的在生氣？」

「或許代表總裁其實很高興？」

哇，猜得好準確！安東尼心裡讚嘆，嘴上卻說：「你的猜想太離譜了！」他舉起另一隻手掌遮在嘴邊，壓低聲音，製造出神祕氣氛，「聽著，我們身在同一個陣營，是盟友！我正在盡力幫忙，只可惜有些時候你再怎麼盧，就是沒辦法把現實盧成你想要的樣子。」

「那……他上車後有沒有說什麼？」

「沒有，總裁一句話也沒說，整趟路程都很憤怒，好可怕。」

「比大小姐的憤怒可怕嗎？」

安東尼心裡一驚，裝傻道：「那是什麼意思？」

「我擔心自己太過沮喪，一不小心在大小姐面前把你供了出去。」連城嘆著氣，「如果大小姐發現有人私下調查她的寶貝男朋友，一定會發好大的脾氣！」

安東尼咬了咬牙，「就、就算真是這樣，也無可奈何啊！哈哈！」

「的確是很無奈呢！哈哈哈！」

兩人乾笑一陣，又鬼扯幾句無關緊要的閒話，通話最後在彼此互不信任的詭異氛圍中結束。

安東尼放下手機，朝坐在對面的老闆露出討好的笑容。

「說得太過火了，我沒有整趟路程都很憤怒。」張雁鳴站起身，假裝漫不經心地問：「連城在電話裡聽起來怎麼樣？」

「肝腸寸斷，悲痛欲絕！」

總裁瞇起眼瞅他，心中有八成不信，兩成憂慮。

「連老闆還威脅說要把我送進大小姐的虎口！」

總裁微微一笑，「既然他悲痛欲絕，你就讓著他一點也沒什麼。」

安東尼剛要開始哀號不公平，佐久間正義從門外探頭進來，「老闆，可以出發了。」

「知道了。Chris，辦公室就交給你。」

分配到留守任務的Chris，朝總裁深深一鞠躬，「是，您請慢走。」

✦

連城走出三隻羊辦公室時眉頭深鎖，腳步沉重，跟平常的瀟灑模樣大相逕庭。

「你還好吧？張雁鳴的氣還沒消嗎？」算算連城如此愁眉不展已經是第三天了，莊孝謙自覺身為連城的事業夥伴兼好友，不能不關心他一下。

連城抬眼見到好友，立刻舒展開眉頭，硬是換上不太自然的笑臉，「沒事、沒事！他生氣，代表他在乎。」

兩人一前一後走進廚房，連城繼續闡述自己的理論。

「他大可以直接封鎖我，或是透過東尼叫我停止打電話和傳訊息。但是他一樣也沒做。嘴裡說生氣，卻沒有其他舉動，就表示他其實沒有那麼生氣，只要我再等一等，等他滿意了、高興了，就能撥雲見日，恢復從前的美好——不，是比從前更加美好！」

「哎喲，如果你的表情跟說話內容一樣充滿自信就好了。」楊大廚搖頭晃腦，嘻嘻笑道。

本來就脆弱的信心被友人一句話戳破，連城抬手指著楊大廚，「你——」

然而他才開頭說一個字，就接不下去了，他知道楊大廚說得一點也沒錯。

那天晚上，張雁鳴坐上座車離開後，連城做的第一件事就是向楊大廚興師問罪。他和楊大廚在電話裡一陣吵鬧糾纏，雞同鴨講，最後終於釐清眞相，還友人清白，並且震驚地發現自己幹了什麼好事。

他把張蝶語的假男友計畫、正牌男友小畫家的存在、自己的性傾向以及對總裁的感情，一口氣全部說了！害總裁的大腦被過多同時湧去的訊息卡住當機，無法運作，而且總裁好像還生氣了……

禍都是自己闖的，不能怪到楊大廚身上，眞的好嘔！

隔天，連城簡單告知莊孝謙整件事的來龍去脈，但掠過自己對總裁的感情不提，雖然他懷疑兩位好友或許早就看出來了。莊孝謙體貼，假裝沒有察覺連城的這番心思，楊大廚則是自認知悉一切，還在努力提供點子要掰彎總裁。

至於張蝶語大律師，連城還不想面對，能逃避多久就多久。

廚房裡，所有正職員工都在場，包括老闆們在內一共十二個人，圍著餐臺或坐或站。楊大廚一次擺出七道夏季新菜，要大家品評指教。

連城不會做菜，每回試菜給心得，代表的都是一般顧客的意見。碰上今天心情不佳，他不只是顧客，還是個奧客。

連城無理挑剔，楊大廚激烈反擊，兩人一來一往的攻防會在某個時間點轉爲人身攻擊，然後莊孝謙介入調停。這樣的模式反覆進行了好幾回合，當事人越戰越勇，旁人卻都累了。

「連大哥、連大哥！」其中一名廚房助手實在看不下去，連忙開口，「今天是星期二，晚上可以見到你的菜喔！」

「什麼菜？」楊大廚搶著問。

「反正不是你煮的菜！」連城朝楊大廚吐舌頭。

楊大廚立刻伸出中指回敬。

其他人忍著不對兩個老闆的幼稚行爲做出反應。

那名插話的廚房助手又說：「就是住在附近的那群研究生啊！通常在週二晚上過來，有幾個不是長得滿可愛的嗎？他們每次都會問，店裡的那位帥老闆今天在不在？」

「說不定他們問的是我。」楊大廚再次打岔。

莊孝謙自認不帥，閉嘴不吭聲。

連城想了想，總算想起的確有群學生常在週二光顧，喜歡纏著他瞎扯閒聊，其中有一兩個是娃娃臉，氣質陽光，要說是他的菜也算正確。

如果是在幾個月前的話。

連城搖著頭說：「我想要的可愛，不一定是指外表長得可愛，兩個人認眞相處過後，彼此漸漸熟悉，他開始願意在你面前流露出更多眞實的情緒，然後你看他皺眉可愛，瞪人可愛，淋成落湯雞也可愛，笑起來的時候更是可愛得不得了！」

「連大哥，你說的是戀愛吧，跟可愛哪有什麼關係？」

「嘿！我知道你在說誰！」楊大廚嚷道：「你不是說你們不是那種關係，還保證對方百分之百是直的嗎？」

「對啦，我喜歡上直男了啦！」連城自暴自棄地趴在桌上。

幾名資歷較淺的員工並不知道連城的性傾向，大吃一驚，個性比較直接的張口就想追問詳情，莊孝謙連忙搖頭，手指按在自己的嘴唇上，示意不要多問。

楊大廚拍了拍手，「注意一下，現在我要教給你們最重要的一課！」

主廚開口，氣氛立刻一變，眾人紛紛掏出小筆記本，屏氣凝神，靜候大廚老闆傳授料理祕訣。

卻聽楊大廚接著說：「千萬不要跟長相英俊的傢伙學習戀愛，他們的伎倆全靠一張臉，外表不管用的時候，就爛成一灘泥，營養價值比一根小黃瓜還低。」

連城聽了不爽，從桌上的玻璃碗裡撈出三顆小番茄，抬手便往楊大廚扔，楊大廚抱頭閃躲，嘴裡大叫大嚷。副廚站的位置正好，半空中一探手，輕輕巧巧將三顆番茄逐一接過，隨手拋進嘴裡咀嚼。

眾人一愣之後，掌聲雷動。

莊孝謙長嘆一口氣，寧願自己什麼都沒看見。

三隻羊的大家都很努力，也具實力，但是他經常忍不住想，以他們這種扮家家酒似的胡鬧風格，竟然能持續讓餐廳維持賺錢，不是奇蹟就是經營之神格外眷顧。

今天下班後，他得趕快再去廟裡拜一拜！

✦

鄒文雅剛從畫廊出來，手機就震了兩下，送來母親節將至的廣告訊息。他順手刪除廣告，收起手機。

母親節已經是個與他無關的日子了。他的父母健在，但是親子關係惡劣，多年失聯，很多節日跟著喪失意義。曾經他也覺得空虛難受，後來日子久了，情緒漸淡，取而代之的輕鬆寧靜似乎更加適合他。

何況他有小蝶，他的摯愛，擁有小蝶的愛就擁有了全世界。

小蝶最近倒是常提到母親節，有時和眾位兄嫂討論，有時向他抱怨。每次他都十分慶幸自己沒有同樣的煩憂，可另一方面，他又爲女友承擔的壓力感到懼怕，擔心那些壓力會在將來擊垮自己。

將來，他渴望和小蝶長相廝守，生兒育女也是兩人共同的願望。他的原生家庭並不幸福，因此他對將來與小蝶共組的小家庭充滿期待。或許他不會是個令兒女崇拜的厲害父親，可他有滿滿的愛，他懂得照顧人，願意拿出最多的時間陪伴最愛的家人。

他們會幸福美滿直到永遠……

不過在那之前，他和小蝶大概得先正式公開完婚才行。私下偷偷登記，悄悄生兒育女，小蝶是做不到的。據說這樣的行徑在所謂的上流圈子裡會被傳得很難聽，儘管小蝶自己無所謂，張家二老卻絕對承受不了，倘若要一意孤行，親子之間的情誼恐怕將無法修復。

小蝶和父母家人關係緊密，小吵小鬧常有，撕破臉卻是絕不考慮的。

若是小蝶和其他人交往，像是……像是……連大哥那樣的人，一定老早就踏進人生的下個階段了吧？什麼時候小蝶會開始不滿足只是兩個人同居的平凡幸福呢？到那時候，自己又該怎麼辦？

鄒文雅走向停在街邊的腳踏車，專注沉浸在難解的心事裡，神思不屬，忽然有人迎面撞過來，上腹緊接著一陣濕涼。

他吃了一驚，低頭查看，T恤下襬被什麼液體染深了一塊，聞起來甜甜的，似乎是某種汽水。

「哎呀！對不起！」

鄒文雅循聲抬頭，撞上他的是名濃眉大眼的年輕男人，高高的個子，一身西裝掩蓋不了健壯的好身材，手裡抓著空紙杯，臉上堆滿歉意。

學生時代欺負鄒文雅的多是這類運動健將型的人物，他害怕地往後退，上衣下襬卻被對方捉住。

「眞的對不起！都是我不好，不應該邊走邊滑手機，弄髒您的衣服眞是太抱歉了！」那人掏出紙巾努力擦拭鄒文雅衣服上的水漬，同時用過於快活的聲音不住道歉。

「沒、沒關係……」鄒文雅拚命想把衣襬從男人手裡拉回來，卻是徒勞無功。

「哎，這樣不行，擦不乾淨呢！」

鄒文雅以爲對方終於放棄，鬆了一口氣，正要尋路逃走，那人卻轉而捉住他的臂膀。

「必須馬上脫下來洗才行。我來找個地方，先讓您換上乾淨的衣服。」

什麼？鄒文雅大驚失色，「不、不必！沒關係……眞的沒有關係！」

「那裡有個適合的地方！」男人開心地朝前一指，拉著鄒文雅便往街邊一家咖啡廳走。

救、救命！難道他要因爲衣服不小心吸乾黑道大哥的汽水，而被抓去賣掉嗎？鄒文雅慘白著臉，連掙扎的力氣都被嚇跑，被對方輕輕鬆鬆拖著走，四周偶爾有路人投來好奇的視線，他卻開不了口跟陌生人喊救命。

一路上鄒文雅所能做到的推拒，不過是不斷小小聲地嘟囔著「不要不要」，直到終於被帶至咖啡廳門口，那名身材高大的男人搭著門把往內推的那一刻，鄒文雅似乎瞥見門上掛著休息中的牌子，雙腿因此抖得更加厲害。

進到咖啡廳內，又是另一個驚嚇。

店裡很空，只有最裡邊的一桌有兩名客人。鄒文雅認得其中一人是女友的四哥張雁鳴，全國最有錢的大富豪，不知為何現身在這間樸實小店，把簡單的木頭椅坐得像王座，還用黑道教父般的冷淡視線掃過來。

他立刻打了個激烈的寒顫。

同桌另一名客人笑咪咪起身，拉開張雁鳴對面的椅子，「鄒先生，請坐。」

才不要咧！鄒文雅只想拔腿轉身就逃。

但是那名可恨的高大男人堵在唯一的逃生路線上，還從後面推了他一把，「去吧，別怕，我家老闆只是要跟你談一談。」

鄒文雅毫無選擇，只能被推搡著前進。咖啡廳櫃臺後方有三名店員，都帶著微笑看他，像拍攝獅子吃羚羊的電視節目團隊，只旁觀，不伸出援手。

被按進椅子裡坐下後，鄒文雅快速看了一眼對座的張雁鳴，又立刻垂下視線，想著該開口打招呼，聲音卻怎麼都出不來。

「你知道我是誰？」大總裁問。

當然知道。鄒文雅對著桌面有氣無力地點了點頭。

「你是和舍妹交往多年的鄒文雅先生沒錯吧？」

他睜大眼睛，總算又抬頭接觸女友哥哥的視線。

「你……你知道？」

「嗯，我妹耍的詭計，連城已經全部招供了。」

「連、連大哥還好嗎？他、他沒出什麼事吧？」

張雁鳴揚起眉，略覺詫異。鄒文雅發覺計畫敗露的第一個反應是關心連城，他眞沒有料到。

「我沒有叫人揍他，如果你是在擔心這個。」

「那……那就好……」鄒文雅再次低頭，雙手在桌面下緊絞著，身體也不安地扭動了幾下。

張雁鳴望著妹妹的男友，心情複雜。

鄒文雅的外表是好看的，眉目清秀，氣質溫雅，瘦削的體型也算順眼，就是姿態畏畏縮縮，肩膀是垮的，背脊微駝，一雙大眼盛滿驚慌，眼神飄忽不定，似乎總是恐懼與人目光相撞。

妹妹使出那麼愚蠢的手段也要藏起來護著的男人，張雁鳴猜測對方多半不擅社交，恐怕不能給人良好的初期印象。他以爲自己早已做好心理準備，結果這位小畫家的各方面都……超出了想像。

其實他大可採取較爲溫和的方式，更友善地接觸鄒文雅，但他就是想要故意使壞。妹妹行徑荒謬，做哥哥的當然也能稍微脫軌吧？嚇一嚇這個小畫家，算是張雁鳴對張蝶語這幾個月的欺瞞所做出的小小報復。

「抱歉，用了這種手段請你過來。有人建議我，最好把你堵在不能逃跑的地方。」張雁鳴端起咖啡啜了一口，順便遮擋住因想起連城而浮現的微笑，「你的衣服，我會負責清洗的。」

鄒文雅來不及回應，只見總裁做了個手勢，一直站在他身後的高大男人突然變出一件短袖上衣，走到他面前。

矮小的那位客人同時站起，「我來幫忙！」

幫什麼忙？

「鄒先生，麻煩請舉高雙手。」

鄒文雅呆呆照做，上衣隨即被整件拉起，他小聲驚呼，眨眼間又被套上一件乾淨的全新恤衫，他連爲了短暫裸露上身而感到尷尬的時間都沒有！

「衣服洗乾淨後就還給你，保證跟新的一樣。」

「謝、謝謝……」

「喝點什麼？」張雁鳴把菜單遞給鄒文雅。

那是張彩色印刷的三折厚紙，從咖啡、茶飲一路列到蛋糕、鹹派，選項很豐富。鄒文雅心裡慌張驚恐，看見第一個分類的第一個品項就匆匆點了。

幾分鐘後送上來的是一杯熱美式咖啡，他拿起碟子上的奶球，緊張手抖，始終沒辦法順利打開封口。

張雁鳴看了一會兒，從鄒文雅手裡拿走奶球，輕易撕開封口，將奶精倒進咖啡。鄒文雅窘紅了臉，努力擠出一句微弱的謝謝。

「我應該是全家最支持你們的人，你在我面前都這麼害怕了，以後怎麼辦呢？」

「支持我們？」

鄒文雅瞪大雙眼，一不小心和總裁四目交接，嚇了一跳，連忙低頭喝咖啡。咖啡一入口，他的五官頓時皺在一起，不是店家手藝差，實在是他不喜歡美式咖啡。

見鄒文雅一臉苦相，張雁鳴微微蹙眉，「我妹耍的詭計總有結束的一天，之後你們有什麼打算？」

「我……我不知道……」鄒文雅小聲回答，一邊啜著討厭的美式咖啡，一邊又說：「小蝶很怕你們的爸媽不贊成……我們在一起。」

「想要過我父母那一關，方法也是有的。張家有位關係密切的藝術經紀，堪稱業界最頂尖，多年來被譽爲眼光獨具的伯樂，名聲穩如泰山。到了今日，這位伯樂就算牽出一頭驢，也會被大家認可是千里馬。」

張雁鳴邊說邊觀察鄒文雅，小畫家的視線不再閃躲得那麼明顯，顯然話都有聽進去，只是表情古裡古怪，不知道在搞什麼鬼。

「當然驢子不能像千里馬一樣千古留名，但是被捧紅起來，在活著的時候享受名利雙收，這點並不難辦到。我的父母觀念傳統，看重男性在事業方面的成就，只要這一項搞定，就算成功了一半。」

「不、不！我不需要那些……不屬於我的東西……」鄒文雅用力搖頭，「小蝶和我們的家比什麼都重要。我去追逐名利，那要怎麼迎接她下班回家？怎麼……跟她一起吃我煮的飯菜？怎麼照顧我們的家呢？」

他越想越苦悶，又喝了一口咖啡，苦澀的滋味喝進口中，又更難受了。

「不要喝了，換一杯別的飲料！」張雁鳴看不下去，伸手把整杯咖啡連著底下的小碟子一起端走。

鄒文雅連忙搶過杯子，急道：「那樣太浪費了啦！」

說完，他仰起脖子又是一臉苦相地飲盡剩下的咖啡。

張雁鳴端著小碟子的手停在半空好一會兒，詫異地看著空杯又被小畫家放回來，不由得嘆氣道：「說吧，你眞正喜歡喝的是什麼？」

「我……都可以……」

明明就不是！張雁鳴覷了鄒文雅一眼，拿起菜單，開始一項一項報出品名，「卡布奇諾？拿鐵？香草拿鐵？義式濃縮？摩卡？」

「好。」

「好？好是好哪一個？」

「那……那、那、那個、熱美式！」

兩名特助都忍不住笑出聲來。

張雁鳴短暫閉了閉眼，深吸一口氣，要自己冷靜，妹妹搞不好是對的，帶這傢伙回家見父母，下場眞的會很慘烈。

後來是正牌服務生出馬點單，送上一杯沁涼美觀的草莓氣泡飲，甘甘甜甜恰到好處，鄒文雅才偷偷露出一絲微笑。

原來這傢伙根本不喜歡咖啡。

「好，回到正題。」張雁鳴喝了幾口咖啡，撫慰內心的疲憊，「剛才你說你只想要持家、照顧我妹，可是你的自我呢？你的事業成就呢？」

「這、這就是我想要的成就啊！」小畫家睜著大眼，「儘管我這個人不怎麼樣，還被許多人認爲我這樣不夠好、不夠有男子氣慨，但是……我就是這麼想的啊！作畫、做家事，建造一個溫暖的家，讓重要的人幸福，這就是我的成就感來源。」

「你不想讓更多人看見你的創作，得到更多的讚賞和肯定？」

小畫家又是一陣搖頭，「創作完成的那一刻，我就感到滿足了，我只想著下一件作品，不在乎別人怎麼想。」

「你能夠表現得如此灑脫，是因爲有小蝶的支持，」張雁鳴的聲音變得嚴厲起來，「假設沒有呢？」

「她……她就是支持我啊！」

「我換個方式問，假設將來有一天，小蝶離開你呢？」

鄒文雅一愣，忽然紅了眼眶，滾下來幾顆淚珠。

張雁鳴吃了一驚，安東尼湊過來在他耳邊低聲說：「總裁，您把人弄哭了，好像不太妙喔？」

廢話！總裁狠狠瞪了下屬一眼，再轉頭面對妹妹的男友。

「只是一個假設性的問題，不需要哭哭啼啼的吧？」

鄒文雅接過不知道從誰的手裡遞過來的紙巾拭淚，「因、因爲……你一直假設、假設……人生都在假設，日子還要怎麼過？」他抽抽噎噎道：「一旦我去想著小蝶會離開……那、那我就難過得不能生活了……創作怎麼樣，誰還在乎呢？」

張雁鳴忽然覺得想笑，一半是爲自己的驚訝而覺得好笑。商場上的豺狼虎豹見得太多，難得看到小白兔，差點認不出來，還以爲對方是穿了兔子裝的假貨。

張蝶語從小就有滿腔正義感，熱衷於濟弱扶傾，喜歡上小畫家這樣柔弱可憐的小動物確實不奇怪。當初妹妹謊稱連城是她交往多年的男友，自己才應該要警覺有問題。

話說回來，鄒文雅要不是這樣的個性，妹妹就不需要找人假扮男友，後來的許多事都不會發生，如果那些事沒有發生，他會覺得很遺憾……

或許，他該對這位性子懦弱的小畫家懷抱幾分謝意才是。

「我有點嘴饞，叫些點心來吃吧！」張雁鳴從安特助的手裡接過兩張菜單，他將其中一張推到鄒文雅面前，「別再急著選上面的第一個品項，除非那是你眞正愛吃的食物。」

總裁的語氣是不是變得比較溫和了？鄒文雅鼓起勇氣，抬起濕潤的雙眼，驚訝地見到一抹總裁頰邊的淺淺微笑。

「吃點心的時候，你可以慢慢告訴我，你和小蝶是怎麼認識的，她在你心裡又是什麼樣子。」

Chapter 22

連城從未如此期待過母親節聚餐，而且還是別人家的母親節聚餐。

整個張家十幾口人聚在一起，固然讓人神經衰弱，必須告知張蝶語計畫敗露的壞消息也不是輕鬆的任務，但是他能見到張雁鳴，光憑這一項，世上沒有任何事能蓋過連城心中的雀躍。

上回威脅過安特助之後，連城沒再打電話騷擾對方。不過他天天都照三餐傳訊息或貼圖向總裁請安，事發至今一週多，總裁仍舊沒有回應，卻是每次都秒讀，好像早就預先等在手機前。

希望這是好徵兆，表示總裁的心情已經轉陰爲晴。即使並非如此，生氣的總裁也很迷人，他能趁今天的機會多看總裁幾眼也很好。

◆

聚餐的時間是正午時分，地點在萬江樓，萬歷旗下赫赫有名的中餐館，環境高雅，料理美味，並獲米其林三星認證。

連城踏進這棟雅致的仿古建築時才十一點半，萬江樓剛開始營業不久，顧客還不多。他被迎進餐廳最裡邊的大包廂，由店經理親自領路。

出席萬歷張家的家族聚會與參加一般的商業應酬有極大的差別，店經理想必已經猜到他身分不同，態度比連城先前來過的那幾次都要殷勤。

包廂內，各處都擺了紅色和粉色康乃馨爲主題的花飾，十分應景。圓桌是個龐然大物，即使設置十四個座位，座位間依然留有舒適的距離。每一份餐具前方還立了一張長條紙卡，用燙金字印著午宴的菜色。

連城正想拿起菜單細看，包廂門口傳來一聲呼喊，「連城！」

第二名抵達的是張大律師，人生就是這麼不巧。

張蝶語穿一襲暗金色長洋裝，氣勢非凡。她幾步進到廳內，抬手一揚，提包落進座位，兩隻手掌則捉住了連城的衣領。

「你做了什麼好事？」她喝問。

「哎呀，木已成舟，這時候追究責任也於事無補嘛！」連城賠笑道。他被張蝶語扯著前後搖晃，卻不出力抵抗，一副安閒自在模樣。

「計畫敗露後，你幹麼不趕快通知我？」

「因爲我沒有想死的願望？話說回來，我沒講，妳怎麼會知道？」

張蝶語哼了一聲，「四哥把文雅困在一家咖啡廳，請他喝飲料吃蛋糕，盤問他好多問題。」

「小畫家是不是又勉強自己喝最討厭的咖啡？」連城噗哧笑出聲，眞可惜他不能在場旁觀。

「對啦！害他晚上失眠睡不著，好可憐耶！」

「是小畫家無法表達自己的喜惡，妳不能怪四哥。」

「所以我來怪你啊！」張蝶語揪緊連城的衣領，又搖晃他起來。

連城只是哈哈哈地笑。老實說，情況比想像中要好得太多，小畫家甚至有蛋糕吃不是嗎？

不愛咖啡的小畫家非常喜歡蛋糕，當年他就是在糕餅店打工遇難，被路見不平的張大律師拯救，還把他撿回家養，一段美好的戀情才就此展開。

蛋糕因此對小畫家來說不僅是好吃的食物，更是幸運物和定情物。總裁請吃蛋糕，分明是美妙得不得了的好事，連城自己都還沒讓總裁請吃過蛋糕呢！

忽然之間，連城想起張蝶語幾個月前說過的話，她說張雁鳴當然會特別關照唯一的妹婿。

現在他已經不是總裁的未來妹婿，一部分自總裁得來的好處顯然要移轉給小畫家了。

人生無常，連城從來沒料到會有這麼一天，自己竟然對動不動就瑟瑟發抖的小畫家產生了些微不理性的嫉妒。

「怎麼回事？你的表情瞬息萬變，怪透了。」張蝶語疑惑地瞇起眼。

「沒事……只是無意間踩進了人生低谷，腳底的觸感卻跟想像中不太一樣，很困惑罷了。」

「神經！」

兩人胡鬧之際，包廂門無預警被推開，張蝶語原本揪住連城衣領的雙手立刻往前一抱，摟住了他的頸子。

進門的是張雁鳴，確實符合連城今日的壞運氣。

猝不及防的曖昧場面讓張雁鳴愣了一下，狀似親暱的假情侶也僵在原地，氣氛詭譎。連城率先有所反應，他急忙推開張蝶語，力量用得稍大，引來她抱怨連連。

總裁微微蹙起眉頭，「……三哥就在我後面，妳最好再掛回去。」說著他便往圓桌的另一端走，沒再理睬他們。

難道東尼說的是實話？連城驚疑不定，附在張蝶語耳邊問：「妳四哥是不是還在生氣？」

「你覺得他應該生氣？為什麼？我才應該生氣吧？」

唉，他又不是問誰有生氣的資格！但是連城並沒有機會進一步追問，總裁剛剛落座，張鳳翔夫婦果然隨後現身，包廂內馬上熱鬧起來。

張鳳翔見到連城，雙眼發亮，拉著他到一旁說悄悄話。

「我安排了跟粉絲們的下午茶見面會，你一定要來參加！」

「下午茶？白天的聚會嗎？」

「是啊，大家吃吃喝喝，聊新作品，還有問答和贈獎活動，以前也辦過幾次，很好玩的。」

總裁要求他避開的是張鳳翔舉辦的夜晚聚會，白天的話應該沒問題。連城於是點頭答應，張鳳翔興高采烈地當場拿出手機，將聚會的詳細時間地點傳送給他。

確認過訊息，連城收起手機，在張蝶語的身邊坐下。

總裁坐在遙遠的斜對面，連城看著他，心跳怦怦加快，既開心又憂愁。開心的部分自不必說，憂愁的是摸不清楚總裁的眞正心情，加上兩人遠遠隔著大圓桌，其他家族成員陸續入座，根本無法說些什麼。若要透過眉目傳情，又被張蝶語這個假女友搶先一步，兄妹倆正在互相瞪視，對彼此的行爲都不爽快，總裁根本沒有餘裕關照連城。

「你們談過沒有？」連城在張蝶語的耳邊悄聲問。

「不需要，文雅把經過都說了，四哥不會出賣我們，還想要幫忙文雅得到我爸媽的認可。」張蝶語同樣壓低了聲音回答。

「那樣不好嗎？妳幹麼氣呼呼瞪人，應該要覺得很幸運不是嗎？」連城在心中補上一句：然後讓出和妳哥眼神交流的頻道！

連城偷空瞥眼望過去，總裁交疊著雙臂，正往這邊看，似乎猜到他們在討論什麼，臉上明顯寫著：你們兩個是大蠢蛋！

他和張蝶語是有點傻，連城不打算否認。

「四哥刻意挑選我不在場的時候現身，他是故意要欺負文雅。」這一點張蝶語實在難以接受。

連城笑道：「認識你們的人都知道，有妳在場，妳會搶著幫小畫家說全部的話、擋掉所有的發問。妳對小畫家保護得太周全，別人很難和他直接交流，沒辦法眞正了解他。」

「認識我們的人都知道……」張蝶語斜眼瞅他，「那四哥怎麼會知道？他又不認識文雅。」

噢，一不小心說太多。

「說不定是東尼蒐集來的情報。」連城神情鬼祟地胡扯，暗道：抱歉了東尼，你要生存，我也是。

「阿尼那傢伙的確有可能。」張蝶語習慣性伸手掠了掠肩後的長髮，五官突然皺起，哎喲了一聲。

「怎麼了？」

「頭髮又和項鍊纏在一起。」這不是第一次發生了，她不敢硬扯，在椅子上側轉過身，「快點幫我把項鍊拿下來。」

連城挨近過去，微低下頭，努力爲張蝶語撩開大把大把的長髮，才終於看見和一小束髮絲糾纏在一起的一條金色細鍊子。他小心動手拆解，過程中仍不免拉扯到頭髮。

「早知道我應該把頭髮挽起來。」張蝶語後悔道。

竟然不是嫌棄項鍊的品質不佳？連城感到驚奇，多看了項鍊幾眼。鍊子平凡無奇，鍊墜是朵金色小花，素雅、脆弱，和張大小姐慣戴的高價精品頗有落差，風格倒很像某個人。

連城笑問：「小畫家打算轉行做首飾嗎？」以後對鄒文雅的稱號要改叫什麼？小金工？小金匠？

「新的嗜好而已。」被連城猜出項鍊的來歷，張蝶語十分開心，「這是他的第一件作品，是不是很美？」

說著她側過頭來，用陶醉在愛情中的甜蜜笑容望著連城。

連城腦內頓時警鐘大響。

「不、不要這樣，會引來誤解。」他偷眼確認，果然總裁正往這邊看，神情比剛進門時陰沉得多，眸光卻炙熱，眼裡彷彿有火在燒。

總裁在吃自己妹妹的醋，而連城竟覺得這樣的總裁別有一番魅力。

連城收回視線，悄悄微笑，終於順利把項鍊拆解下來，遞給張蝶語。

正式開席時是正午十二點過十分。

身爲主角的張老夫人容光煥發，彷彿年輕了十來歲，張延齡也是心情大好，笑容滿面。

待最晚到場的張家二老在席間坐定，萬江樓大廚專爲今天這個場合特製的母親節套餐便流水般送上桌來，全是費時耗工的精緻大菜，美觀美味，菜名還兼顧吉利好兆頭。

經歷一長串連城覺得實在沒有必要的關心，像是「這道多吃一點」、「那道也別忘記品嘗幾口」，一共十六道菜終於出齊，堆滿桌面轉盤。初時連城還頗爲意外，張家竟然不採由服務生事先分好一人一份的上菜方式，很快他便看出，張延齡就是喜愛這種互相勸菜的熱絡氣氛。

吃到中途，張延齡手執酒杯站起，所有人也跟著放下碗筷。

連城聽張蝶語提過，張延齡的演說是每年母親節的例行公事，主題當然是讚美妻子，褒揚並適度誇大她作爲母親的貢獻與辛勞，最後摻入對家庭圓滿的志得意滿，以及對子女的未來期許等等。

今年的演說內容毫無例外也照著慣例走，張延齡說著說著，到了後段，蘊含讚許的目光投向了張蝶語和連城。

「今年最叫爸爸媽媽感到高興的一件事，就是我們家的小公主總算覓得了好歸宿。」

老夫人聽著不住點頭，眼角甚至隱隱閃著欣慰的淚光。

張延齡又接著說：「上個月爸爸才在鬼門關前走過一遭，感觸尤其深刻。」

連城一怔，視線從張延齡身上轉向四周，每個人臉上都帶著或多或少的迷惑。

「打岔一下喔。」最後是張蝶語代表開口，「爸，你說的鬼門關該不會是指扭傷腳踝吧？」

「哎，怎麼這樣子說話？」張老夫人瞪了女兒一眼，「你們都不知道當時有多危險，只要情況稍微變化，你們爸爸……你們爸爸很可能就不是一點小傷，而是……而是再也見不到面……」

說到後來，老夫人竟語帶哭音，連一個簡單句子都無法說完。

張延齡攬著妻子的肩頭，柔聲安慰，表情凝重，顯然夫妻是同樣的心思。

在場眾人作爲子女媳婦，當然不能沉默，就算暗自認爲自家父母太戲劇化，也要搶著說一些像是「老爸福澤深厚，必定能長命百歲」之類的空泛勸慰。

包廂內一時之間七嘴八舌，所有人都在說話。

唯一的例外只有苗芊芊，她本來專心想著自己的事，並未加入發言的行列。張鳳翔抬起手肘輕輕推了推她，不斷透過眼神暗示與催促。

多數時候都放任她展現自我的丈夫，難得向她提出要求，苗芊芊雖然有點煩，還是勉強自己試著去扮演孝順媳婦的角色。

苗芊芊不疾不徐道：「鬼門關又不是機場海關，說去就去。爸爸你最糟糕的情況，頂多就是浪費醫療資源和大家的時間，死不了的。」

連城急忙端起茶杯，輕咳兩聲，以遮掩沒能忍住的笑聲，而他不是唯一這麼做的人。

在張家二老目瞪口呆、張鳳翔忙著幫妻子潤飾語句、其他人紛紛偷笑的混亂中，張蝶語卻是用力點頭，人生第一次衷心認同三嫂的發言。

「說得沒錯！爸只是受點小傷，住院那時也做過一大堆檢查，結果不是超級健康嗎？不要搞得太誇張了。」張蝶語補充道。

「意外隨時可能發生，下一次說不定就會造成生命危險！」張延齡反駁。

「事實上就是沒有發生啊！」

「發生的話怎麼辦？如果就這樣拋下一個沒嫁的女兒，讓妳媽獨自操心，我是絕不能瞑目的。」張延齡的語氣越來越嚴厲，最後直接下了命令，「妳和連城馬上把婚事辦一辦，完成妳媽的心願，讓我們少一點煩惱。」

雖然一開始就有些預感，事態這番進展仍舊快得叫張蝶語和連城大吃一驚。連城忍不住轉頭去尋總裁，只見總裁蹙緊了眉頭，專注盯著父親，神情也和父親一樣嚴肅。

「這個理由太奇怪了，扭傷腳踝和催我結婚有什麼關聯？你明明就沒有事！」張蝶語很不滿。

「經歷過那樣的生死關頭，爸爸不能冒險，一定要看著妳早日成家，有個依靠，才能安心地走。」

「不要再胡亂誇大了！你安心地走是要走去哪裡？」張蝶語火大起來，音量也隨之加大，連城離得近，耳朵嗡嗡鳴響。

「再胡亂逼我，三年都不理睬你們！」張蝶語撂下狠話。

「妳要嘔氣就嘔吧，女兒的終身幸福值得爸爸媽媽的犧牲，將來妳爲人父母，就會懂得我們的苦心。」張延齡握住妻子的手，張老夫人頻頻點頭，非常認同。

張蝶語一時之間啞口無言。以前這個威脅總是萬試萬靈，是她的最大絕招，卻沒想到在今天失去效用。

「哼，等我爲人父母，才不會這樣強凶霸道對待小孩！」

這回輪到老夫人開口，「唉，妳看看外面哪家大小姐跟妳一樣任性？妳爸爸要是霸道，妳還可以自由戀愛、自己找對象？妳帶了連城回來，爸媽也喜歡，同意你們結婚，妳究竟還有什麼不滿意？」

「就是……還太早……」

「都三十歲了早什麼早？爸爸就是這個要求，妳不結婚，律師也別幹了，我等會兒就跟你們事務所提，明天就辭退妳。」

張蝶語又驚又氣，又是心慌，叫道：「你不能那麼做！」

「我張延齡沒有什麼事情不能做！妳聽話結婚，以後想工作想玩，還是想怎麼荒唐，一概隨妳！」張延齡氣勢洶洶，說完更一掌重重拍在桌上。

自張延齡父女一來一往的爭執開始，除了張老夫人對丈夫的附和之外，包廂內幾乎不再有別的動靜。身爲當事人之一的連城不敢插嘴，其他人動筷子的聲響消失無蹤，連負責倒茶添水整理桌面的服務生們也好一陣子沒出現了。

張虎嘯年幼的雙胞胎女兒，似乎對空氣中濃重的火藥味有所感應，忽然哭泣，高美君和保母一人抱起一個，匆匆進到隔壁房間哄孩子。眾人都用羨慕的眼光望著她離去的背影。

張雁鳴的視線卻是望向焦急的妹妹。

家庭聚會每年數次，每次都難免要提到未婚成員的終身大事，說起誰家的公子、千金很適合，要不要認識看看？張雁鳴一向裝聾作啞，消極應對，張蝶語卻不肯保持沉默，餐桌上用父女或者母女的爭吵配飯，再尋常也不過，然而程度從來不若今天這般激烈，父母的強硬態度也是空前。相較之下，先前小年夜的催婚根本只是在鬧著玩。

在張雁鳴的記憶中，上次家裡的餐桌氣氛如此緊繃，還要追溯到數年前，張鳳翔被捲進性醜聞，差點要上法院的時候。父親竟把妹妹的婚姻搞到和三哥的荒唐事同一等級，他很是詫異。

無論如何，他非插手解救不可，否則再講下去，萬一妹妹眞的同意和連城結婚，那就麻煩了。

他才正要張嘴，張蝶語霍地站起。

「我和連城是假裝的，我們不可能結婚，不要再逼了！」

噢，晚了一步，張雁鳴只好又閉上嘴。

張蝶語這麼戲劇化地一嚷，包廂內凝重的氣氛頓時消散不少，至少一半的人都笑了起來，並不相信她所言。

「別鬧了，要找藉口不結婚，也該找個更好的。」

「連城到底哪裡不好？妳說妳和他是假裝的，太過分了吧！」

「我也不信，小倆口剛才還甜甜蜜蜜，悄悄話說不完，當我們的眼睛都瞎了嗎？」

高美君選在這時回到包廂，熟睡的雙胞胎留在隔壁，由保母看顧。本來她聽到其他人的聲音，以爲爭吵已經落幕，氣氛恢復和樂融融，坐下後才發現誤會大了，頓時有些後悔。

「眞的啦！我另外有男朋友，已經同居好幾年了，怕你們嚇到他，才拜託連城冒充。」張蝶語微微嘟嘴，臉色難看。

「荒唐！」張延齡怒道：「妳是在告訴我們，有這樣一個小子，讓自己的女朋友跟另一個男人假扮情侶，一起吃一起住，一起旅遊，還覺得無所謂？這種莫名其妙的孬種，絕不能當我們家的女婿！」

「才沒有莫名其妙，你不要亂罵他！」張蝶語最容不得別人批評鄒文雅，何況又是至親之人。她急昏了頭，脫口說出第一時間閃過腦中的抗辯之詞，「連城是同性戀，只喜歡男人，所以他才放心！」

眞要命……

如果不是處在事件中心，並且目睹那麼多人抽氣瞪眼，連城一定會認爲場面非常滑稽好玩。可惜他現在根本笑不出來，就算要哭，也是欲哭無淚。

張蝶語把話說到這個地步，大家終於相信了，包廂內一片譁然。

原本被晾在一旁的連城終究不能倖免，成了眾矢之的，指向他的責難又多又雜。儘管他平常能言善道，臉皮也不薄，遇到這種非常狀況，還是一個字也難以爲自己辯解。

連城不敢抬頭，從聲音分辨出張延齡和大哥張龍騰是發言最猛烈的兩位，責怪他不該欺瞞，同時表示對此感到心寒。二哥張虎嘯依舊話少，表達的意思倒是相差不遠。三哥張鳳翔則是驚詫多於埋怨。

當然連城沒聽見總裁說話，幾位媳婦也沒有出聲，唯一發言的女性是老夫人，卻是在氣惱安東尼辦事不力。

東尼探過他的底？連城並不覺得意外。

張蝶語這才驚覺自己幹了什麼好事，急忙補救，「你們別怪連城，他只是幫我的忙，是無辜的！」

「無辜？你們兩個聯手騙人，誰都不無辜。」張延齡怒道。

「不是兩個人。事實上……出主意的人是我。」

所有的視線都轉往忽然開口參戰的張雁鳴。

總裁捧著茶杯，似乎是包廂內唯一不驚訝不生氣不困惑也不慌亂的存在，也好像此刻是在開董事會，這是他的場子。

「張蝶語，你不該擅自替別人出櫃，那理應交由連城自行決定，任何人都不能代理。」

四哥極少這麼疾言厲色對她說話，張蝶語害怕之餘，也醒悟到自己的舉動逾越界線，小聲向連城說了對不起。

連城回了個虛弱的微笑，沒有說話。

張雁鳴快速覷了連城一眼，再開口時，無論語氣神情，都充滿了權威感。

「小蝶需要從你們逼婚的壓力下喘口氣。我聽了她的煩惱，便提出這個辦法……現在想想，這實在是個非常不切實際的愚蠢計畫。」張雁鳴的視線掃過圓桌眾人一圈，最後刻意停留在妹妹身上，「也是我的疏忽，沒有預測到小蝶和連城進一步被催辦婚事的可能性。畢竟，有一點點腦袋的人都應該預料得到這樣的發展。」

他又朝妹妹瞥去一眼，張蝶語窘迫得臉頰發紅。

「欺騙大家，我很抱歉，但是連城不應該承受責難，他沒有選擇的餘地。」張雁鳴又說。

「你是拿槍指著他的頭逼迫他嗎？」張龍騰皺著眉頭問。

「差不多，」張雁鳴緩緩轉動手裡的白色瓷杯，「不答應幫忙就分手，我是這麼逼迫他的。」

廳內靜默了片刻。

「你、你說什麼？」脫口這麼問的就有好幾人。

「以防有人沒聽懂，連城是我的男朋友，一直都是。誰要是爲難他，我會覺得是在跟我過不去。」

Chapter 23

好像有什麼東西爆炸了，瞬間釋放出太多聲音，眾人因爲過於驚訝而七嘴八舌。

連城和張蝶語快速交換了一眼，兩人都是目瞪口呆，難以言語。幸好其他人的注目焦點都集中在張雁鳴身上，沒人留意到他們這幾乎等同於露出破綻的反應。

張雁鳴仍然捧著瓷杯，時不時啜一口茶，目光偶然從杯緣上方抬起，捕捉到斜對座連城的視線。他眨了兩下眼皮，眸光中洩漏出笑意，還有些微的緊張。

連城情不自禁，也報以微笑。

焦慮了七天，想不到是用這麼驚人的方式得到回覆。總裁方才的宣告對別人或許是炸彈是砲擊，連城卻看見煙火，響亮又絢麗。如果不是圓桌大得離譜，還擺了各種菜盤阻礙，他會馬上爬過去，給總裁一個熱烈的擁抱！

「他們是眞的耶！」張鳳翔忽然叫道，手指著連城和弟弟，「公然在大家面前眉來眼去！」

連城立刻把視線挪至桌面正中央的康乃馨盆花，但是所有人都已經親眼目睹，包括張蝶語，她臉上的疑惑比剛才更深。

「……你們交往多久了？」張龍騰問。

「去年夏天開始。」總裁隨意說謊。

張延齡緊接著提問：「你是什麼時候變成那個……同性戀？」

「爸！」好幾個不贊同的聲音不約而同響起。

「怎、怎麼了？不能問嗎？」

「不是的，」張龍騰輕咳一聲，代表眾人解釋，「自己家裡還好，如果在外面措詞不慎，很可能會造成公關危機，爸要小心一點。」

「太新潮了爸爸很困惑嘛，不然該怎麼說？」

「用『發現』？」

「我喜歡『覺醒』，比較酷！」

總裁嘆了口氣，他的父兄們遇事抓到的重點永遠都這麼奇怪。

「我是在大學的時候意識到自己的性傾向。」張雁鳴淡淡道。

「你以前也偷偷交過男朋友嗎？連城是第幾個？你們怎麼認識的？」張鳳翔連珠炮似的發問。

「我不想回答。」

「爲什麼？」

「你亂來了將近四十年，我就任性一次不行？」張雁鳴斜眼瞪過去。

張鳳翔馬上舉起雙手賠笑，「可以、可以，不要生氣！」

其實，張雁鳴的兄嫂們所遭受的震撼不太高。當然他們很驚訝，只是驚訝的成分多是緣自於張雁鳴選擇坦白自身性傾向的方式和時機，而非這個事實本身。

一名身心健全的成年男子，社會地位高，又英俊多金，爲什麼從未交過女朋友？同性戀未必是答案，卻是最容易聯想到的選項。這麼多年來，張家二老以外的每個張家人，或多或少都懷疑過。

此時兩名服務生輕手輕腳進到包廂，放上添滿的茶壺，再繞著圓桌收拾整理。所有人都靜下來不說話，也不再動筷，彷彿連胃口都消失了。

「所以，姑丈以後不是姑丈，要改叫什麼？嬸嬸嗎？」服務生走後，張曉峰第一個開口。

聞言，在場眾人都吃了一驚。

張遠溪和張海桐早已在保母的照料下加入午睡的行列，各種新訊息緊接著一波一波來襲，大家都忘了還有個不喜歡午睡的長孫張曉峰，從頭到尾都在場認眞旁聽大人的熱鬧。

包括連城也很訝異，從小猴子的語氣聽起來，他似乎並不排斥自己的性傾向。

高美君猶豫了一會兒，小聲回答：「我覺得……繼續叫叔叔就好。」

「不要亂教小孩！」

原本逐漸趨於緩和的氣氛，在老夫人冷不防一吼之後，又變得緊繃起來。

「爲什麼不可以？不是一直都叫他叔叔嗎？」張曉峰囁嚅著。

兒子和他的後母難得公開對話，還似乎是站在同一陣營，張虎嘯大爲驚奇，怔了片刻才決定自己也該說幾句公道話。

「媽，連城是準女婿的時候，妳很喜歡；現在變成兒子的對象，妳卻反對，那是雙重標準，對雁鳴不公平。」

「我沒有反對連城，別人家的兒子我管不到。」老夫人的目光快速掃過連城，沒有停留，「我關心的是我兒子……我辛苦懷胎，疼愛幾十年的骨肉，為什麼忽然就……就……不一樣了？」

她說著說著，露出泫然欲泣的悲痛神情。

張雁鳴的額頭兩側開始隱隱作痛。他一直都知道，父兄不算什麼阻礙，母親才是讓他隱藏本性多年的最大原因。

「我沒有改變，妳生下我時，我是什麼樣子，現在就是什麼樣子。」

張雁鳴謹慎挑選用詞，雖然他隱約知道，無論自己怎麼說，都不會有太大差異。

「我無意把事情怪到他人頭上，過去是我自己懦弱，才會選擇退縮不前。如今我找到了動力，決定去追求你們每個人都已經擁有的幸福。」張雁鳴克制著不轉頭去看連城，「我並不奢求反對的人能在片刻之間改變想法，畢竟我自己也花費了好幾年才完全接受事實。任何負面的言語，出了這間包廂便煙消雲散，我保證不記在心裡。」

「你、你講得好像都是我們不對——」

「媽，不是我們，我可沒——」

「不要插嘴！」

老夫人一凶，張鳳翔立刻乖乖閉嘴。

「你搞這個……這個奇怪的同性戀，別人會怎麼看？怎麼想？你考慮過沒有？」

「妳在乎外人的想法，勝過自己兒子的幸福？」張雁鳴回道。

「那不是幸福！」老夫人嗓音頓時拔尖，「你不要以爲法律上能夠結婚就沒有問題，不能生小孩就是不對、不正常！違背父母的期望，就是不孝！」

「期望是雙向的，子女也有對父母的期望，說起來很簡單，就是接納子女原本的樣子。」

說來簡單，可是我知道妳做不到。

張雁鳴平靜卻銳利的目光透露著沒有明白說出口的訊息。或者說，至少老夫人解讀起來是這個意思。

她睜大眼睛，眼眶紅了一圈，掐著餐巾的手指顫抖著，「對……我做不到……所以你、你就不要父母了，是不是？不要這整個家？你自己一個人不一樣，就要大家都配合，這麼……自私！」

張雁鳴緊抿著唇，沒有回覆。

一旁的苗芊芊想說什麼，及時被丈夫制止。

倒是沉寂良久的張延齡開了口，「雁鳴不是那個意思——」

「他是！他就是！」老夫人轉向丈夫，既憤怒又傷心，「看看你養出來的好兒子！長大了，了不起了，就不需要父母啦！我、我還待在這裡幹什麼？又沒有人稀罕我！」

話說完，餐巾一扔，張老夫人使勁推開門，頭也不回地離開包廂，門邊站著的幾名服務生滿臉驚惶。

張延齡急急喚了妻子兩聲，沒有作用，便也推開椅子站起，「我……我得去看看你們媽媽。」

「戲劇天后耶！」張蝶語翻了個白眼。

這一句評語不幸喚來了父親的注意，張延齡橫了她一眼，「張蝶語，可沒人忘記妳做了什麼好事。下次帶那個沒膽量的小子一起過來，爸爸要見他。」

張蝶語一驚，「可、可是……」

可是文雅會怕！這個理由她怎麼說得出口？

張延齡暫時沒空理睬女兒，他頭一扭，轉向么兒，「我會跟你媽談，千萬別亂動離開萬歷的腦筋，絕對不准！知道嗎？」

總裁立刻感受到來自四面八方的視線，全都帶著程度不一的憂慮與緊張。

「……我從來沒想過要離開萬歷。」張雁鳴幾乎是嘆著氣說。

得到兒子的保證，張延齡稍微安下心，匆匆追在妻子身後離開了。

鬧到這個田地，兩位長輩又不在場，這頓飯沒有必要繼續吃下去。

張雁鳴緩緩起身，目光沿著餐桌掃過一圈，「抱歉讓場面變得這麼不愉快，我還有事，就先離席了。」說著他朝張蝶語和連城做了個手勢，「你們兩個跟我來。」

包廂門再次開啟又關上，飯桌邊一共少掉了五個人，惹起這場風波的當事人已全部離席，尷尬的氣氛卻殘留下來一部分。

苗芊芊忽然發出喜悅的歡呼，嚇了眾人一跳。

「眞好，永遠不會再來一個妯娌了呢！有兩個已經夠累人，我可受不了將來再多個總裁夫人。」苗芊芊開開心心拿起筷子，挾菜吃飯，無視另外兩名妯娌臉上難掩的錯愕。

「你們怎麼看？眞的相信雁鳴說的，整個騙局都是他的主意？他和連城去年就開始交往？」張虎嘯道出所有人心中的疑問。

「眞假不是重點，」鄭寶妍露出神祕的微笑，心想三弟妹口無遮攔，卻也讓廳內的氣氛一下子變得輕鬆。「重要的是他不計代價，就是不要連城受到責難。如果想要繼續享受財富從天上掉下來的豪奢生活，我建議大家最好照雁鳴說的做，不要爲難連城。」

「無所謂，我本來就很喜歡他。」張鳳翔聳聳肩，陪著愛妻大吃起來。

張龍騰倒很懊悔，「唉，我剛剛好像對連城太凶了。雁鳴平常固然謙和，一旦擺起總裁的架子，那是很有魄力的。他要連城做什麼，連城確實沒有拒絕的餘地，我不該責怪連城。」

苗芊芊點頭附和，「沒錯，要趕快幫助他們結婚，廝守一輩子！這麼一來，沒有總裁夫人，更沒有總裁的親生兒子，在座有生兒子的各位，將來可就超有福氣啦！」

她親暱地拍了拍丈夫的手背，「我們也該準備生小孩了，說不定下一任的接班人是出在我們家呢！」

一番話把每個人的心思全數宣諸於口，人人都震驚得目瞪口呆。

✦

一走出包廂，張雁鳴便要萬江樓的經理找處足夠隱密的談話空間。倉促間，他們被請進一間小辦公室，裡面空蕩無人，至於是原本就沒有人在，還是特意騰出來給總裁使用，張雁鳴不得而知，也不在乎。

關上辦公室的門，張雁鳴劈頭就對妹妹和連城一陣訓斥，從計畫之初，到今日飯桌上的各種失誤，毫不留情，一件不漏，尤其針對妹妹背棄朋友的行爲，語氣的嚴厲程度更是空前。

連城的雙腳還踩在雲朵上，飄飄然內心竊喜，當然不反抗。難得張蝶語也收斂起千金大小姐的脾氣，乖乖挨罵。

「我知道自己今天做得不對，可是我有一件事不服氣。」好不容易忍耐到張雁鳴罵完人，她才揚聲抗議，「你和連城假裝交往，不就是跟我一樣嗎？哪裡有比較高明？」

張雁鳴的表情一下子變了，原本銳利猶如剃刀的眼神瞬間軟化，飄了開去，臉頰浮起一抹微紅。

張大律師不是蠢人，自然看得懂，她倒抽一口氣，震驚道：「不是假裝的？這是什麼時候的事？竟然瞞著我，眞不夠意思！」

她最後一句話是對著連城說的，附帶一記拐子。

連城哎喲一聲，臉上卻在笑，「我也是剛剛才得到答覆，還沒正式開始瞞著妳。」

四哥當著全家人的面向連城告白？可眞大膽！張蝶語更驚訝了。

「我需要一點時間接受新資訊……不是針對你的性傾向，」她轉向兄長，手指連城，「而是這傢伙，你明明不是他的菜！」

總裁揚起眉，朝連城投去好奇的視線，連城心裡暗叫不妙，急忙拉著張蝶語往門口走，「好了，夠了，不重要的事不用講太多！妳快點離開，回去處理跟山一樣高的工作，今年之內最好都不要再出門！」

他半推半拉，總算趕走了其實還想多說點八卦的張蝶語。

關上門，連城鬆了口氣，除了自己和張雁鳴，四周終於半個閒雜人等也沒有了。

終於得以兩人獨處。

連城一整週都渴望能有這樣的機會，徘徊在腦中的千言萬語，只剩下一句話最重要。

他朝總裁微微一笑，「你還好嗎？」

張雁鳴倚著辦公桌一角，放鬆了肩膀，低下頭吐出一口長氣，「還好……沒有想像中可怕。」

他抬起頭，嘴角微彎，迎上連城的目光。

連城翹起拇指，往門外比了比，「那樣叫不可怕？」

總裁搖了搖頭，「我媽表現情緒的方式向來激烈，來得急，去得也快。不必擔心，她有過更多更嚴重的反應。」

張雁鳴說的是實話，母親的反應都在他預期的範圍內，哄得來的，只是要花時間，可能還是相當長的一段時間。

不過那都是理性上的認知，在心情上，那股參雜著緊張與興奮的高昂情緒仍占據著他，消退得很慢很慢。

其實他現在很想要一點撫慰，也許……像是抱一下之類的肢體接觸。

然而，光是冒出這個念頭，張雁鳴就雙頰發燙，根本不能直視連城，更別提開口要求。

於是他決定換個話題。

「你和我妹的事，我處理得還不夠好，應該更早一點出手干預，我只考慮到趁機讓小蝶多受點教訓。」

說完，張雁鳴看向連城，卻發現他人已經不在門邊，而是往自己的方向稍微靠近了些。

張雁鳴警覺地繃起肩膀，語氣盡可能維持平靜，「沒想到事情變化得那麼快……

害你用那麼難堪的方式暴露出來。」

這兩句話講完，連城離他又更近了。

「跟你相比，我倒覺得自己出櫃得很平淡呢！」連城說這話時，兩人之間的距離幾乎只剩一步。

張雁鳴從容一笑，心跳快得有如擂鼓，「無論如何，我感到很抱歉。」

「別那麼說。」連城也笑了笑，卻不再走近。他留在原地，微微歪頭，對著不小心流露出失望表情的總裁張開手臂，「我好緊張呢，可不可以……抱一下？當作安慰？」

總裁詫異地眨了眨眼，一時不太確定自己聽見了什麼。

「噢，可、可以啊……」

那股微熱又回到臉上，總裁垂下目光，將自己推離辦公桌，雙手還不知道要往哪裡擺，連城伸手一拉，將他擁入懷中。

不由自主，一陣輕顫竄過張雁鳴的全身。

連城側過頭，嘴唇就在他的耳邊，「沒有想像中可怕，是因爲你比你以爲的更有勇氣、更強大。」

張雁鳴沒有作聲，呼吸也變得很小心。

連城稍微收緊臂膀，一隻手往上移，滑過張雁鳴的背脊，來到頸後，指尖沒進柔軟的髮絲裡。那隻手並沒有施加任何壓力，張雁鳴的頭頸卻自然而然順著手掌的動作往前傾，腦袋垂落在連城的肩膀上。

「辛苦你了。」

張雁鳴聽見來自上方的聲音，又輕，又溫柔。

連城根本不緊張，相反地，他很放鬆，並且溫暖、可靠……還懂讀心術。張雁鳴微笑著閉起眼，抬手也環住連城。他聞到淡淡白檀香，感受到久違的寧定。

「小事而已，沒什麼。」張雁鳴慢慢地放鬆下來，全身的重量都沉進連城懷裡。

才不是小事……連城勾唇一笑，只在心裡反駁，沒有說出口。

敲門聲響起時，先有反應的是張雁鳴，他快速抽開手，往後退了幾步。

連城拉開門，探頭進來的是名年輕女孩，穿著萬江樓的深紅色制服，帶著一臉歉意和些微的懼怕。

「對、對不起……我只是需要拿一下我的筆電，馬上就好！對不起！」

「不，不必道歉，我們占用太久，也該離開了。」

張雁鳴拉整衣襬，板起臉，很快恢復了總裁的樣子，心裡卻是滿腔懊惱。他真不該忘記這裡是別人的辦公室。

他快步走出辦公室，連城跟在後面，不忘轉頭向女孩笑咪咪說了聲打擾。

兩人回到銜接辦公室和員工休息室的廊道，不快不慢地往餐廳大門走。無論其他人是否還在包廂裡，這次的母親節聚餐對他們來說都已結束，連城也有三隻羊的工作要處理，不便在萬江樓久待。

走廊距離客人的用餐區域尚遠，員工偶爾冒出來，遠遠見到總裁的身影就大驚走避，不算有人干擾，只是這裡仍屬開放空間，兩人獨處時特有的旖旎氣氛，已不復存在。

連城出聲道別時，他與張雁鳴保持著可敬的距離。

「那我先走了，替我向大家說一聲好嗎？」

「嗯，路上小心。」

連城把雙手插進褲袋，故作輕鬆地問：「我再和你聯絡……呃，再詢問你的時間，可以嗎？」

總裁揚起眉，「詢問我的時間？」

「看你什麼時候有空，我想約你出來走走？」

「哦！」彷彿現在才意識到自己與連城是可以約會的關係了，張雁鳴咬著下唇，控制不讓笑容顯露出來，「好、好啊！我會叫安東——」他閉了閉眼，修正道：「不，別找他們，直接打我的手機。」

連城微笑時露出了一點白牙，「沒問題，我會打電話。」

「我會……等你的電話。」

「也不是一定要等，只要你高興，隨時能聯絡我，任何時段都方便。」

「好，我知道了。」

連城注意到走廊遠端出現一張帶著好奇的臉孔，他們不能再繼續逗留此處繼續那尷尬又甜蜜的對話。

「那我先離開了，拜拜！」

「嗯，拜拜。」

Chapter 24

上一次連城在約會前就期待到心跳加速，已經是非常非常遙遠的事，說不定能追溯到他學生時代的初戀。

經過幾次電話以及無數則訊息交換，連城和張雁鳴的初次約會終於得以實現，就在今天，美好慵懶的星期日，距離張家的母親節聚餐已過了大半個月。

連城做了套完整的計劃，早上讓總裁睡個飽，下午造訪美術館，那裡正在舉辦攝影展，連城聽總裁提起過幾次，知道他很感興趣。

看完展，視時間和精力狀況，可以選擇去往附近公園散步，或是挑個高雅的酒吧淺酌，然後在景觀餐廳享用浪漫的晚餐。

規劃整體行程、研讀展覽相關資料、餐廳訂位、上網閱讀餐廳菜單和食記，連城可是做足了功課，甚至擬了備案，像是遇上下雨天無法在戶外散步、停電導致餐廳中止營業，或是入侵地球的外星人害美術館封閉，他都有應對之策。

唯一不確定的是在晚餐之後的安排。

連城自然有對於親密關係的渴望，但是要不要跨出那一步，得看總裁的意思，他只希望自己不要解讀錯誤。

約定的碰面時間是在午後，連城早早就準備好，他穿一件扣子一路開至胸部中央的立領襯衫、米色西裝外套，和一條貼身得像彩繪在身上的淺色牛仔褲。

說他自戀也好，他覺得映在鏡子裡的那個男人看上去眞的不賴。

連城經過依然故障未修的電梯，走下五層該死的樓梯，詫異地見到一個眼熟的小小人影在三隻羊門口探頭探腦。

「小猴子？」他脫口叫道。

張曉峰用力轉頭，對他皺眉瞪眼，對於光天化日之下被人這般亂叫綽號感到很不爽快。

「嘿，怎麼來了？」連城走過去，同時左右張望。

沒有認識的張家成員，只有一輛黑色賓士停在路旁，一名大概是司機兼保鑣的高大西裝男倚在車門邊觀注著張曉峰。他看見連城，微微點頭致意。

連城花了幾秒鐘在心裡好奇了一下，不知道張家員工們的資訊更新到哪一個版本？自己目前是誰的男朋友？

「你一個人？找我嗎？」

張曉峰聳聳肩，「聽說你開餐廳，所以我來吃吃看。」

「家裡的廚師不會是罷工了吧？」連城笑著推開餐廳大門，歪頭示意，要小傢伙跟著他進屋。

三隻羊要半小時後才營業，但是萬歷的孫少爺當然可以通融。

連城帶著張曉峰簡單參觀餐廳內部一圈，親自爲他點餐上菜，然後爲自己倒了一杯咖啡，在他對面落座。

連城啜了口咖啡，問：「你在學校闖禍，揍了某個同學？」

張曉峰瞪他，似乎不高興連城不相信他只是來吃頓飯。

連城當然不相信。

他和小猴子可以算是毒舌夥伴，小猴子造訪三隻羊卻沒有批評雲朵吊燈和羊型餐盤幼稚，吃下楊大廚征服無數大人小孩的咖哩蛋包飯也毫無反應，只是機械性動著嘴巴嚼嚼嚼。

這副模樣，除了彰顯出「我有心事，快點問！」以外，還能是什麼？

「考試得到一個鴨蛋？兩個鴨蛋？」連城繼續亂猜。小學生什麼時候考試？一學期考幾次？他實在不知道。

張曉峰這次的瞪視摻了輕蔑。

「雙胞胎弄壞你的寶貝電視遊樂器？」

喔，連瞪眼也沒有了，張曉峰逕自低頭進食。

「知道了，你終於要得到第四個妹妹！」

張曉峰整個人僵住，挖起的一湯匙飯又默默放下。

賓果！猜對了！連城在心中爲自己喝采。

「又不一定是妹妹。」張曉峰噘起了嘴。

「二嫂眞的懷孕了？他們親口跟你說的嗎？」

「哪需要親口跟我說啊，女生要是沒懷孕，會摸著有肥肉的肚子照鏡子笑嗎？」張曉峰不以爲然道。

有道理。連城點頭表示贊同。

「今天她只有一點點不舒服，就跟老爸跑去醫院。星期日耶！平常她根本不看西醫的。」張曉峰重重呼出一口氣，愁容滿面，「弟弟或第四個妹妹，都不知道哪一種比較煩。」

這時候他才注意到連城一直在滑手機，從坐下就開始，手指忙碌，似乎在打字傳訊息。張家有條規矩，餐桌上不可以玩手機，雖然他管不到連城身上，看著感覺就是不爽。

連城也注意到張曉峰不斷飄過來的目光，解釋道：「等一下我有約會，需要事前準備。」

「……跟小叔叔嗎？」

「嗯哼。」

讀完總裁剛傳過來的新訊息，連城微微勾起嘴角，向張曉峰發出邀請，「我們要去動物園，你也一起來啊！」

小大人哈了一聲，「要多幼稚才去動物園約會？」

「這你就太嫩了！」連城放下手機，傾身靠向桌面，一副煞有介事的樣子，「動物園氛圍輕鬆活潑、門票價格經濟實惠，非常適合約會。情侶相處，擔心話題耗盡，或是氣氛尷尬，不知道該怎麼辦嗎？別擔心，在動物園，你永遠可以隨便指一隻動物，大叫『快看那裡！』，另一個人的回應當然就是『哎呀，好可愛喲！』，很快又是一團甜蜜溫馨。」

連城得意洋洋，端起咖啡，慢慢啜飲一口，又說：「園區有吃有喝，又有冰淇淋，加分！在情人面前展現出對動物的喜愛，更是大大加分！如果帶著你去，還有對小孩親切的大愛加成效果呢！」

連城看得出張曉峰的心動，小猴子很愛動物園，總裁剛剛在訊息裡告訴他的。

「逛完動物園之後去看電影，讓你小叔叔請我們吃大份爆米花，你覺得怎麼樣？」

「爆米花？你的野心眞是小得可憐。」張曉峰翻了個白眼，假意爲難了一陣，才勉強同意。

他們和總裁約好在三隻羊門外會合。

除了沒穿那種緊身到有害風化的牛仔褲，總裁的打扮和連城相仿，都是走休閒風格。但是大老闆的派頭顯然跟衣著沒有太大關聯，與其說是遊客，總裁看起來更像是爲動物園提供金援的基金會理事長。

而且還是很帥很火辣的基金會理事長。

張曉峰站在連城身後一步，雙手在背後絞著，頭頸微微低垂。打擾小叔叔的約會，他心裡多少有點不安。

「我跟二哥二嫂通過電話，如果你的功課已經完成，他們就同意你玩到睡覺時間再回家。」

察覺到小叔叔語氣溫和，似乎不介意多個電燈泡，張曉峰抬起發亮的雙眼，忙不迭點頭，「寫完了！星期五晚上就全部寫完了！」

張雁鳴微笑道：「那很好。」

連城搖搖頭，「看不出來你是一回到家就寫功課的類型。」

總裁和張曉峰同感詫異，不約而同看向連城，「難道你都在晚上睡前才寫功課？」

連城摸著下巴，認真想了想，「也不一定，隔天早自習的時候趕工，效率更好喔！」

✦

假日的動物園，人潮眞不是蓋的。

被這人山人海驚嚇到，連城買了票進到園區，手裡拿著地圖，茫茫然舉步就想往最近的展區走。

張曉峰拉住他，誇張地嘆氣，「原來你是動物園菜鳥！」

連城沒打算否認，他上次逛動物園的時候，年紀比張曉峰大不了多少，十多年沒來，動物園早就變了一番樣貌。

「曉峰是專家，動物園是他的地盤，我們最好聽他指揮。」

張雁鳴背著手，走得最慢，從他游目四顧的模樣看來，他對動物園同樣陌生。

「太好了，」連城折起地圖，恭恭敬敬遞給張曉峰，「請大師指導愚昧的在下吧！」

連城看著小猴子得意囂張的嘴臉，倒也頗有趣味。

根據張曉峰身為動物園專家的指示，先搭乘遊園車到園區高處，再一路步行逛回入口，才是聰明省力的作法。

遊園車造型可愛，外觀是黑白斑馬紋塗裝，車廂不大，座位略窄，很合連城的心意，他讓總裁先坐進去，再正大光明擠在總裁身邊，一隻手從背後繞過去，悄悄圈在總裁的腰上。

張雁鳴一開始有點緊張，後來發現根本沒人注意他們，便放鬆下來，把身體的重心往連城的方向靠。

坐在兩人正對面的張曉峰，對情侶初次約會的各種小細節沒有興趣，只專心查看手裡的地圖，確認園區是否有他不知情的變動。

他反覆看過兩次地圖，點點頭，宣布接下來的參觀路線，從爬蟲館、企鵝館到灰狼山獅棕熊、孟加拉虎鱷魚食蟻獸……在連城聽來，走的是凶猛酷炫路線，除了其中的一項例外。

「企鵝？確定要看這麼可愛的動物？」

在總裁開口前，張曉峰搶先一步回答：「小叔叔最愛的動物就是企鵝。」

「眞的？」連城揚起眉毛。

「企鵝很受歡迎，是非常世俗的大眾喜好。」不知爲何，張雁鳴就是覺得有辯解的必要。

「以前小叔叔的房間有超多企鵝玩偶。」張曉峰又說。

「哦？我都不知道你就住在企鵝館。」連城更感興趣了，轉頭對著總裁笑。

遊園車拐了個彎，陽光從側面灑進車廂，照得連城的眼睛和白牙閃閃發亮。

「都是小時候我爸媽買的，全部放在老家的房間。」張雁鳴繼續不必要的解釋，「我長大以後就停止了，並沒有住在企鵝館。」

「停止買玩偶還是停止喜歡企鵝？」

「當然是停止買玩偶！」小猴子嗤笑一聲，彷彿笑這問題眞蠢，「奶奶說小叔叔只要喜歡什麼，就會喜歡一輩子。」

張雁鳴微微一笑，頰邊泛起一絲沒道理的紅暈。

連城湊到他的耳邊，輕聲低語：「我希望你媽說的是對的。」

下了遊園車，三人先逛張曉峰認爲酷到不行的爬蟲館，然後就是極受遊客和總裁喜愛的企鵝館。

熱門場館果然擠滿遊客，人人都很投入，即使是本來對企鵝沒有特別偏好的連城，也深受氣氛感染，他貼近玻璃窗，指著男朋友沒注意到的角落，忘情叫道：「快看那裡！」

總裁順著連城的手指望過去，一隻嬌小的企鵝正在表演花式泳姿，引起遊客陣陣驚呼。

張曉峰卻回過頭，歪著嘴角，慢條斯理地笑，不冷不熱說道：「哎呀，好可愛喲！」

連城瞇眼瞪他，心裡在想：不知道美洲山獅介不介意晚餐吃臭小孩加菜？

企鵝館的隔壁是企鵝商品館，貨架上的商品琳瑯滿目，他們在裡頭盡情逛了好一會兒，最後連城挑了一隻館內最大的企鵝絨毛玩偶要送總裁，堅持對方至少需要一隻企鵝陪在身邊。

張氏一大一小都拒絕抱著企鵝玩偶遊園，因此連城多數時候都是一手抱著大企鵝，一手拿著霜淇淋，盡收小朋友遊客的豔羨眼神。

由張曉峰帶路，領著連城和張雁鳴由園區的高處往低處走，穿過沙漠動物區，來到熱帶雨林區時碰上好運氣，孟加拉虎決定出來觀賞人類，在空曠處昂首闊步，威武的身形在遊客面前一覽無遺。

張曉峰打開手機的相機鏡頭，忙碌地移動位置，試圖盡可能捕捉猛獸的所有帥氣角度。他神情專注，小圓臉被興奮與陽光染紅，先前在三隻羊那心事重重的模樣已不復見。

張雁鳴站在後方幾步，留意著侄兒的動向。連城靠過來，遞給他一瓶冰涼的礦泉水。

「小猴子眞的很熱愛動物園。」

「這裡對他有特別的意義，」張雁鳴道了謝，接過水瓶，「他和生母的最後一次出遊就是來動物園，雖然他當時年紀小，沒有什麼印象，幸好留下了很多合照，都在家裡的相簿裡。」

難怪小猴子只要注意到抱著幼兒的女性遊客，都會多看兩眼。

連城揚聲叫喚，問張曉峰喝不喝水，他頭也不回，隨意擺了擺手，表示自己很忙、要連城別吵。連城搖搖頭笑，旋開水瓶蓋，飲下一口。

張雁鳴在旁說：「每年他都要來動物園許多次，通常由我爸媽陪伴。前陣子老人家腳踝受傷，不方便外出走動，便有一段時間沒來，其他人自告奮勇要代班，曉峰都不太願意。」

「你也不行嗎？」連城驚訝地問。

「顯然必須加上你才合格。」張雁鳴笑了笑，又正色說：「你願意更改行程，我很感激，同時也很抱歉，害你原本的規劃落空，變成了親子行程。」

「別那麼說，你不知道動物園也是約會聖地嗎？」連城舉起企鵝玩偶，在他面前輕輕搖晃。

總裁實在喜歡企鵝，忍不住捏了捏玩偶的鰭狀翅膀，一群小孩經過，抬手指著玩偶哇哇亂叫，「好大隻喔！」

聞言，他快速收回了手。

✦

動物園行程結束在開幕不久的穿山甲館。

三個人隨後找了家速食店匆匆果腹，及時趕到電影院，觀看最新上映的特效動作大片，電影散場又補吃了一頓帶甜點的美味消夜。

返家途中，張曉峰坐在計程車上頻頻打呵欠。

張虎嘯親自前來開門，高美君和女孩們剛剛就寢，屋內靜悄悄的。

連城陪著張曉峰上樓，因爲張曉峰說想把養在房裡的豹紋守宮介紹給他認識。說到寵物，連城更喜歡牠們有毛，但是他不得不承認，在張家吃好住好的這幾隻小蜥蜴，竟然也滿可愛的。

和張曉峰道過晚安，連城下樓回到玄關，張雁鳴正在向張虎嘯道喜，祝賀他將要迎來第五個孩子，並且表達了對嫂子的關心。

張虎嘯不好意思地笑了，「謝謝，高齡產婦是比較讓人擔心，不過她很健康，目前一切都好。只是，我們還沒告訴任何人，你是怎麼得到消息的？」

「曉峰透過觀察得知，顯然他比大家以爲得還要敏感。」

張虎嘯往樓上瞥了一眼，神情嚴肅起來，「無論這一胎的性別是男是女，曉峰都是我重要的長子，永遠不會改變。」

「我當然知道。」

可是你的長子知道嗎？

話不必全說出口，張虎嘯也能懂他的意思。

張雁鳴看著二哥充滿防備的神情，明白這個話題該要就此打住。

他並不怪張虎嘯有這樣的反應。自張曉峰的生母過世至今，不僅張家人的各種意見不斷，強勢的前岳父更一直以嚴苛的目光審視張虎嘯，如果單身的弟弟也參加進來，那種難堪的滋味任誰都受不了。

因此他只是笑了笑，向張虎嘯說聲再見。

張雁鳴沒把搭來的計程車留下，離開時也無意打電話叫車，只是和連城一同往大馬路的方向緩步前進。

這是個有風的夜晚，天邊有雲堆積，遮住了星星月亮，道旁路樹繁茂，附近即使有行人，也很難看清楚兩人的身影面容。

他們在紅磚道上並行，肩膀不時擦撞，到了第三次碰觸，連城牽起了總裁的手。

張雁鳴輕輕回握，眼望著前方路面。

迎著夏夜微風，他們的腳步很慢，隨口展開話題，談起高美君的懷孕，以及張曉峰的反應。

雖說把同情心用在豪門嫡長孫的身上有些奇怪，連城還是覺得張曉峰的童年並不比同齡小孩快樂，甚至苦惱更多。

「我在他那個年紀時，根本不煩惱自己以外的事，每天上學跟同學玩，放了學也跟同學玩。」連功課都不太在乎。連城兀自在心中補上一句。

總裁也回憶了一下自己的童年，「我記得上了很多才藝課程，累是累，內容倒很有趣。」

他的父母希望他多多培養興趣，長大後可以自由選擇志向。

「哦，現在還有持續接觸的項目嗎？」

張雁鳴搖搖頭，「國中以後陸陸續續放棄了。後來又一頭鑽進萬歷的事業，沒再發展出什麼嗜好。」這麼多年以後，他忽然有些後悔，「到了現在，不工作的時候，我經常不知道該怎麼打發時間。我想……我不是一個很有趣的人。」

連城緊了緊握住總裁的手。

張雁鳴遲疑地抬起眼，遇上一抹溫暖的笑。

「儘管我認爲現在的你已經好到不行，但是你如果不滿足，我們可以一起培養興趣。兩個人一起，樂趣也是兩倍！」

張雁鳴垂下目光，望著兩人交握的手，「有點變化也不錯。」

他們興高采烈討論起來，交換了許多意見，約好之後要共同參與多項活動。針對這些未來計畫的期待心情當然不假，然而，有個彼此最渴望共同探索的領域就在眼下，兩個人都心知肚明，卻不敢貿然觸及。

半天的親子行程走下來，好幾個鐘頭的時間，他們看著對方的身影，聽著對方的聲音，嗅聞到對方的氣息，卻礙於周遭環境，沒有辦法眞正貼近對方、碰觸對方。這種相處方式微妙得近似折磨，比單純的兩人世界更讓人心情焦灼、急不可待。

開始有計程車在他們身邊減緩車速，試圖攬客，紅磚人行道越往前行，街燈招牌燈越亮，人車越多。

他們終究鬆開了牽緊的手，攔下一台順眼的車，根據距離遠近，決定先送總裁到萬禧飯店，再去連城的家。

司機確認過地址後，車內沒有人再開口。後照鏡的視野範圍很廣，兩人在後座保持著適當的距離，手腳和目光都很規矩。

不久，計程車抵達飯店，門僮幫忙打開車門，張雁鳴遞出一張大鈔給司機，說了不用找零，便跨出車外。

連城挪了個位子坐到車門邊，準備跟總裁說句晚安就此道別，同時把手裡的企鵝玩偶遞過去，結果屁股都沒坐穩，衣袖冷不防被扯住了。連城睜大眼睛看著拉住他的總裁，總裁並沒有出什麼力氣，他也沒有抗拒，就這樣被總裁輕輕一扯，隨之步下了計程車。

站在飯店門邊，衣袖還被總裁抓在手裡，連城眼望著計程車關門駛離，揚長而去。

他回過頭，只見總裁一臉無辜地對他說：「你不可能讓我自己抱著企鵝玩偶進飯店吧？」

Chapter 25

萬禧飯店的老闆住的當然是萬禧飯店最高等級的總統套房，只是自老闆長住之後，內部工作人員便將之改稱爲總裁套房。

張雁鳴一面領著路往電梯走，一面體貼爲連城解說，「萬禧的套房房型本來共有總統、萬禧以及行政三大類，將來我搬出去之後，現行的總裁套房，就會改回原本的名稱。」

他們踏入的那座電梯僅供總裁套房使用，刷過卡後，不必指定樓層，電梯便自動緩緩上升。

終於能在電梯裡獨處，連城鬆了口氣道：「飯店員工沒有人多看我們一眼。」

他可沒忘記上回在萬航大廳的遭遇，連萬航總經理李志承都來湊熱鬧圍觀。

然而在萬禧，一路從門外車道穿過大廳、櫃臺，最後抵達電梯，沿途遇上的飯店工作人員少說有七八個，沒有半個人向總裁身邊帶著的陌生男人投去不恰當的好奇視線。

「我畢竟在這裡長住，偶爾也會接待客人，朋友敘舊或商務拜訪都有，並不奇怪。」

「即使客人抱著等身大企鵝玩偶？」

總裁微微一笑，「即使抱著等身大企鵝玩偶。」

連城仿效總裁，也把目光往電梯門的上方擺，雖然那兒只有浮雕花紋，沒有跳動的樓層數字需要關注。電梯裡播送著輕柔樂音，連城聽而不聞，心裡在想，身爲今晚的訪客，他的到訪又是抱持哪一種目的？

幫忙運送企鵝玩偶是個滿遜的藉口，他倆都心知肚明，包括門僮也很清楚，所以門僮才沒爲總裁提供援手。

依連城過去的經驗判斷，兩人在交往階段提出邀約，時間是夜晚，地點又是住處，目的不言可喻。

然而，所謂的經驗，套在沒有經驗的人身上適用嗎？對象是總裁，老實說連城只有七成把握。不，六成……算了，還是保守一點，估個五成就好。

電梯門開，出來便是套房玄關，總裁推開往起居間的門，向初次造訪的連城介紹道：「萬禧總統套房的坪數，在首都圈同業當中是最大的，不僅室內寬敞，屋外還設有被稱做空中花園的園藝造景。套房的設計概念來自——」

張雁鳴忽然停下話，將連城因拿捏不定總裁留客心思而苦惱的神情，誤解爲意興闌珊。

眞是錯了，不應該把這裡當成萬歷旗下的商品介紹。總統套房的宣傳詞，官網上要看多少都有，連城聽了當然會覺得厭膩。總裁懊惱地想著，他是帶連城回到住處，自己的身分該是屋主，不是商家老闆。

於是張雁鳴很快做出了調整，「雖然是萬禧最頂級的套房，放在全世界來比較，不過是中上等級，沒什麼特別了不起。當初搬進來是貪圖便利，生活機能基本只求有，不必求好。」

「我覺得這裡很好很美啊！」連城滿臉迷惑，不明白爲什麼總裁的介紹風格忽然轉變。

總裁無視連城爲這間套房的辯解，繼續用「我家又小又亂，讓客人見笑了」的口吻帶他參觀了餐廳、書房、起居間和幾乎不使用的娛樂室。

連城如果是今天才認識張雁鳴，占地一整層的總裁套房恐怕會讓他驚嘆到下巴掉下地，可是他參與張家的生活好幾個月，親身體驗過各種豪奢住宿，又剛從張虎嘯的獨棟別墅過來，已經有點審美疲勞。

他最想看的，是總裁的實際生活。

偏偏總裁住飯店不說，還未對所居套房做任何個人化的更動，包括最常使用的書房，也難以找到張雁鳴這個人的生活痕跡。

連城隨手把企鵝玩偶塞進最近的一把椅子裡，學著總裁上回在自己住處說過的話，打趣道：「眞可惜，還以爲能看見你的生活照之類的神祕隱私。」

張雁鳴站在連通起居間與餐廳的對開木門旁，聽見連城這番話，他轉過身來，背後是雕滿整扇木門的繁複花紋，能砸死人的大型水晶吊燈懸在斜上方，他看上去像一幅畫，描繪的是平常人不敢奢想的另一個世界。

但是那張俊美貴氣的臉上看不見大富豪的不可一世，相反地，張雁鳴將雙手插進口袋，視線遲疑地落向腳邊的地毯。

「那些東西沒搬過來。我另外有個住處，類似二哥家的獨棟房子，一個人住太大了。」

大得讓人很寂寞。

總裁的身體微微搖動，重心挪向腳跟，鞋尖稍稍翹起，「你不喜歡飯店嗎？民宅是不是比較好？」

「我喜歡有你在的地方，地點不重要。」連城懇切地說。

總裁抬眼微笑，像是鬆了口氣般，連城的心跳也隨之被牽動。

問題就出在這裡，缺乏經驗的總裁不知怎地讓連城也變成了身陷初戀的青少年，無論是心情，或是言行。

最有力的證明，就是兩人明明早有過部分肢體接觸，卻是從踏入電梯到現在，都還保持著客氣有禮的距離。

這個窘境必須明確破除，身爲經驗較豐富的一方，連城自覺必須做點什麼！

「我們要參觀寢室了嗎？」

……幹得好啊，簡直不能更粗俗了！連城在想像中賞了自己一拳。

脫口而出這種唐突之詞，唯一的好處大概是他又見到總裁微微臉紅的好看模樣。

總裁套房的寢室，床鋪當然是最高等級的大尺寸，別說雙人，就算是四個人也睡得下。

張雁鳴站在床頭附近，那抹淡淡暈紅還在頰邊，「我希望你能住下來，今晚睡這張床，睡這個房間，你願意的話。」他的語句微亂，「睡過之後若是喜歡，以後可以常來。」

這句話說得太奇怪，張雁鳴又趕緊補上，「我說的是床。」

「對，萬禧的床很棒！我在國外住過萬禧幾次，床很好睡，你們每家分店用的床墊都是同一個廠牌嗎？」連城說完忍不住暗罵自己，爲什麼要問這種無關緊要的問題？

於是兩人針對床墊的廠牌特性進行了大約十分鐘的討論，浪費時間的程度在連城的人生中排得進前三名，懊悔的程度也是名列前茅。

緊接著他們又進到浴室，確認牙刷刮鬍刀之類的備品是否齊全。當總裁從某個櫥櫃找出未拆封的全新品，問他有沒有偏愛的牙膏品牌時，連城開始覺得今晚只要兩個人能成功睡在同一張床上，就是極大的進展。

「換下來的衣物放這個籃子，會有專人處理。」張雁鳴指了指衣物籃，又帶著連城回到寢室，打開另一扇門。

連城的眼睛一瞬間睜大，那是個寬敞雅致的步入式衣櫃，或者也可以稱之爲衣帽間。

總裁的服裝類別不多，風格明確，一眼就能看見許多件同款服飾按照顏色深淺整齊排列，就像一套套色票。連城開心地在衣帽間裡走來走去，東張西望，套房其他幾處缺乏的個人特色全都集中在此，古龍水的香味也是此處最明顯。

「明天你就穿我的衣服。」總裁忽然道。

「眞是太感謝了，你要借我哪一件？」

「隨便你挑，配件也都可以拿。」

總裁拉開好幾個長形抽屜、玻璃櫃門。衣服以外，還有領帶皮帶吊帶，領針袖扣領帶夾，不一而足，連手錶也堅持要連城挑幾支來搭配，總裁身爲出借的一方，興致卻明顯比借用人還高。

「如果你介意穿別人穿過的衣物，全新品收在最旁邊的衣櫃裡。」張雁鳴的語氣變得沒那麼高昂了。

「我喜歡你穿過的衣服。」連城忙說。總裁這麼一點可愛的癖好，他完全可以配合。

張雁鳴努力不露出太大的笑容，「都是洗過熨過，很乾淨的衣服。」

「我知道，萬禧的洗衣服務也很棒，我上次入住的時候利用過幾次。」

連城剛說完又後悔了，幸好總裁這次沒有和他深入探討飯店的各項服務，而是朝他招招手。

「來吧，你還沒看到這間套房的最大賣點。」

所謂的最大賣點在起居間。

張雁鳴拉開窗簾，露出挑高兩層樓的落地玻璃窗，窗外是無數人工照明交織成的都市銀河。總裁套房在六十樓，這樣的高度，燈火俱在腳下。

連城發出讚嘆聲，往落地窗靠近幾步，進房以來第一次，他的注意力暫時不在戀人身上。

張雁鳴逕自走到旁邊的推車取酒倒酒，遞給連城其中一杯，動作熟練。

引導初次來訪的賓客或親友來到這片窗前眺望美景，順便喝幾口酒，是例行公事，張雁鳴已做過無數次。通常他會陪著對方品酒賞景個幾分鐘，然後移至沙發區或書房談論正事。

但是他不確定他和連城的「正事」是否適用同樣的流程，會不會進展得太快？有什麼潛在規則或步驟流程是他不懂的嗎？付諸行動前應該先說清楚，還是心照不宣比較浪漫？

他想來想去，想得再多也是枉然，因爲無論開口或動手，對他來說都難如登天。不知道聽誰說過，年紀越大，膽量越小，眞的半點不假。

張雁鳴啜了口酒，抿抿唇，再要喝第二口，連城從旁伸手過來，拿走了酒杯。

他把兩人的酒杯都放回推車，再走至張雁鳴面前。他的唇角微勾，雙眼帶笑，城市燈海在他背後熠熠生輝，他看上去既神祕又有魅力。

張雁鳴再次抿一下嘴唇，明明才喝過一口酒潤喉，還是覺得口乾舌燥。

連城伸手在落地窗上推了推，「這片玻璃的強度怎麼樣？」

「符合最嚴格的標準，度過了安裝迄今的所有颱風，非常安全。爲什麼問這個？」

連城沒有回答，他抓住張雁鳴的雙肩，一個轉身將人按在窗上。

張雁鳴的背脊緊貼著玻璃，心跳瞬間加速，不全是出於驚訝。兩人的相對位置改變後，窗外的點點光輝都映在連城的眼裡，匯聚成一小簇火苗，火光中他能看見自己模糊的影像。他的胸膛起伏，滿懷期待。

連城隨後鬆開了張雁鳴的肩膀，雙掌抵在他腦袋兩側的玻璃窗上，整個人慢慢貼近。

張雁鳴在那雙眼裡看見的自己越來越清晰……忽然，連城往旁邊瞥了下，視線又轉回來時，瞳眸中添了一絲不搭調的懼意，張雁鳴也迷惑地蹙起眉。

「……不行不行，這種高度好可怕，不能冒險！」連城嚷道。

張雁鳴又被抓住肩膀，這一次連城把他從玻璃窗前拉開，兩人一起退開好幾步。

張雁鳴呆了一呆，實在沒料到是這樣的發展。

「屋裡有……另外一片落地玻璃窗，面對花園，要換過去試試嗎？」

「好、好啊！」

他們走到起居間的另一側，那兒同樣有一大片氣派的落地玻璃，外面便是所謂的空中花園。夜晚看不清楚廣告宣傳說的花團錦簇流水石徑，倒是點滿了溫馨的暖黃裝飾燈。

兩人並肩隔窗呆看了半晌花園裡錯落的燈泡群，張雁鳴輕咳一聲，遲疑地問：「如何？感覺比較安全了嗎？」

「對、對，安全多了！」

「那我是不是……自己走過去？」

「好、好，麻煩你了。」

在難以言喻的怪異氣氛下，張雁鳴走到落地窗前，僵硬地轉過身，雙手都不知道該往哪裡擺。原來，從臉紅心跳到好蠢好尷尬只需要幾秒鐘時間。

「這樣可以嗎？」他問連城。

「能不能稍微往左邊一點？對、對，啊超過了，麻煩再回來一點……對，就是那裡，光線比較好。」

張雁鳴挪動了幾次，才找好雙方都滿意的位置。連城站得離他很近，手掌小心翼翼貼上玻璃，目光死死盯著他。

看得出連城很想找回先前的瀟灑性感，可惜他越努力，造成的反效果越強烈，張雁鳴終究沒忍住，嘴角一抖，笑了出來。

連城發出哀號，把臉埋進手掌裡，「我遜掉了，對不對？」

張雁鳴笑了好一會兒，才有辦法好好說話，「安東曾稍微提過，說你經驗豐富，難道是騙人的？」

連城搓了搓臉，難得也窘得滿臉通紅。

「沒有騙人，我只是……你是……你太不一樣了！老實說，一部分的我還不敢相信這……這是眞的。」連城伸出手，意味不明地在兩人之間比劃了好幾下。「老實說，在我的那些豐富經驗裡面，可沒有多少戀愛的成分。尤其像你這樣的對象，我也是第一次遇上，萬一搞砸怎麼辦？是不是一生都會懊悔？我滿腦子都在想著這些事。」

張雁鳴蹙起眉頭，「像我這樣？年紀大？錢太多？」

連城一愣，「不，像你一樣零經驗。」

「哦……那是很糟糕的缺點嗎？」

「不、不不不，絕對不是！怎麼說呢？這一類的事並沒有標準。我喜歡你，所以你的一切，全部都很美好！你經驗豐富，很好，可以快速進入狀況；你零經驗，很好，我是你的唯一，太浪漫了；你是外星人，有觸手，也很好，新鮮有趣——」

「連城，你在胡言亂語。」

「對不起，我馬上閉嘴。」

張雁鳴笑著搖搖頭，「我喜歡你胡言亂語，讓我知道原來你也很緊張。」

「緊張死了，」連城也是一笑，「我眞的很希望給你一個完美的體驗。」

「既然外星人的觸手都提過，我們可以把『完美』拋到一邊去了。」

連城覺得很有道理，遜到一定程度之後，那就無所畏懼。

他們依然站在面對花園的落地窗前，靠得很近，總裁的一雙眼也依然明亮得不可思議。

「有人稱讚過你的眼睛嗎？」

張雁鳴輕輕一笑，「被說過什麼蛇和青蛙之類的，不確定算不算稱讚。」

「當然是稱讚，而且那個人非常有眼光。」

連城沒有把手掌再往玻璃窗上擺，而是捧著戀人的雙頰，微笑著靠過去。

他們之間的第一個吻很輕、很淺，吻得短暫，剛剛分開，張雁鳴又伸出手，將連城拉了回來。

第二個吻，纏綿繾綣，一時停不下來。連城的舌頭刷過張雁鳴的唇瓣，一遍遍仔細舔著，直到對方難耐地張開嘴，便往內探入，嘗到更多帶著淡淡葡萄酒香的甜美滋味。他的一隻手挪動到戀人的耳後，指頭伸進髮中，引導對方側過頭，提供更好的角度，讓吻更深、更熱切。

難捨地分開時，兩個人都喘著氣。親吻的熱度將張雁鳴的臉頰染成一片酡紅，好看極了。連城在他的雙頰各啄了幾口，手指沿著他的下頷，來到衣領上緣。

他們在親吻的過程中都脫掉了外套，隨意扔在附近某處。

張雁鳴的上身就剩一件單薄襯衫，連城爲他解開兩顆鈕扣，拉開衣領，讓一小片白皙胸膛暴露出來。

蘇格蘭遇難那晚，連城也曾短暫看見過這片風景，那時候還沒敢有什麼非分之想，只是偶爾……偶爾夜深人靜的時候，他會在腦中幻想——不曉得那片白皙肌膚摸起來是否和看上去一樣美好？

現在連城終於可以這麼做了，也獲得了答案。

比想像中還要好。

張雁鳴的身軀在連城的指尖下觸電般輕輕一震。

連城立即煞住了動作，「抱歉，忘記先問一聲。」

「沒、沒關係。」總裁說話還不順暢，親吻所造成的影響消退得很慢。

「我說你零經驗，沒有弄錯吧？」

「沒有。」

「你曾經看過其他人的裸體嗎？」

總裁花了點時間回憶。張家物質環境優渥，每個小孩一出生就擁有自己的房間，再加上張雁鳴自身嚴謹的個性使然，連自家兄弟衣衫不整的場面都極少碰上；況且學生時代他也沒投入任何體育活動，不會有機會撞見隊友換衣。

「遠溪有時洗完澡不肯穿衣服，光溜溜到處亂跑，算不算？」

連城笑著點頭，「算，還有呢？」

張雁鳴別開視線，小聲說：「雖然不是親眼目睹，但是我……看過一些影片。」

至於那是什麼樣的影片，就不需要明說了。

「所以，你只見過迷你雞和超巨雞。」連城下了結論。

「我見過我自己的，知道普通尺寸是什麼樣子。」

「哦，普通尺寸啊……」

整段對話過程，連城的親吻沒有停過，落在張雁鳴的鼻頭、臉頰、耳朵；連城的雙手隔著那件薄襯衫，從張雁鳴的胸膛到腰側，再到背脊，來回摩娑。每觸摸一處新的區域，連城總會先問一句：可不可以？

張雁鳴全都給了肯定的答覆。有時他不太確定自己答應了什麼，只知道每一次說好，就有一個吻落下，或是十根靈巧的手指在他的身體到處放火，而連城詢問時的低沉嗓音，幾乎跟前兩者一樣令人陶醉。

有時，連城的詢問裡會摻進其他語句，像是「你好敏感」、「好有反應」、「感覺舒服嗎？」等等，傳進張雁鳴耳裡成了截然不同的刺激，讓他原本合身的長褲，某個部位很快變得太緊太窄。

張雁鳴總以爲自己的性欲略低於常人，青春期結束以後，就不曾再有過無法控制的勃起，現在卻輕輕易易硬了起來。他忽然間感到驚慌失措，尤其當連城緊挨著他，同樣堅硬的性器隔著褲子擦碰過他的胯間，在大腦做下決定之前，他的下半身已經先一步閃避。

他爲自己的反應吃了一驚，連城卻不覺得意外，反而稍微往後撤開，在兩人之間留出一點空間。

「別怕，我們今天不會做到底。」

「不會嗎？」張雁鳴抬頭望著連城，心中的感受空前複雜，生理和心理不同調，甚至大腦和情感也不在同一個陣線。

「慢慢來，我們的時間很多，取悅彼此的方法也很多，做愛沒有一定的模式或進度表，」連城輕輕搓揉總裁的臂膀，安撫他道：「最重要的是找到一個剛剛好的節奏，讓你我都感到自在舒服。性愛很美好，我們要確保你喜歡上這件事。」

無論連城施了什麼魔法在他的話語裡，都有立竿見影的效果，當他的臀部試探性地貼近，甚至讓兩具硬物隔著布料互相輾磨，張雁鳴都沒再閃躲，而是發出一聲嘆息，享受被安心感包圍的親密接觸。

透過貼在自己頰邊的嘴唇，總裁感覺到連城的微笑，耳邊又聽見他問：「可以嗎？」

連城的手掌正緩緩從張雁鳴的小腹往下方移動，目標明確。

張雁鳴的喉頭動了動，點頭的同時，心跳也加快好幾拍。

「我有想過你，好幾次……一邊幻想著你，一邊這麼做……」

連城的手掌隔著褲子撫弄他，指頭描畫著已經十分明顯的器官輪廓。丹寧布再硬也阻隔不了這樣的刺激，張雁鳴抓在連城肩膀的雙手收緊了，身體不由自主顫抖起來。

反覆揉了幾次，連城的指頭轉而捏住牛仔褲的拉鍊頭，嘴唇貼著戀人的耳殼，又是一句：「可以嗎？」

同樣一句問話，爲什麼有辦法越說越煽情？

張雁鳴不確定自己是用什麼方式回答，但是當連城將他握在手裡，肌膚貼著肌膚，自己因此發出的聲音，他可是聽得一清二楚。他不僅燒紅了臉頰，那熱度還一路漫延至耳尖、脖頸。

以他的性器目前硬挺的程度，竟然還有多餘的血液可以臉紅，真不可思議。

「我也可以……碰觸你嗎？」

聽見張雁鳴這麼問，連城笑了一聲，「拜託請摸我，你再不問，我都要開口求你了！」

張雁鳴摸索著扯下連城的長褲拉鍊，手指有點抖，試了兩三次才成功把東西掏出來，期間的緊張亢奮都快把心臟從喉嚨裡逼出來。

連城的尺寸和他差不多，溫度或許高一點，摸起來很光滑，雖然是自己也有的東西，握著別人的在手裡，那種異樣的刺激，單純的自慰根本遠遠比不上。

連城顯然也很受影響，他把臉埋進戀人的頸窩，呼吸變得急促。

張雁鳴被他壓在落地窗上，玻璃透過薄襯衫傳遞過來的微涼，很快又被兩人的體熱蓋過去。

「可……可不可以……握得更緊一點？」連城顫著聲音要求。

張雁鳴依言收緊手指，試著像平常自慰那樣動起手腕。他不經意低下頭，視線第一次落在兩人赤裸的器官上，強烈的視覺衝擊讓他立刻又閉起了眼。

一會兒之後他再睜眼，看著兩具硬物的尖端都變得濕潤，泌出的液體沾在指頭上瑩瑩發亮，反倒有些移不開視線。他感覺到連城的親吻，點點落在他的嘴角，像是在鼓勵他。他偏過頭去追逐連城的唇，盡力回應對方。

現在張雁鳴完全相信連城的確經驗豐富，因爲連城似乎能一心多用，親吻很投入，熱情周到，手的動作卻不受影響，毫不怠慢地套弄著他，速度由慢漸快，他能明確感覺到腹部的灼熱正急遽堆積起來。

張雁鳴可做不到這番面面俱到。

若是認眞親吻，他就照顧不好手裡的東西，節奏亂七八糟，一片鬆散。若是反過來，只專心搓弄對方的性器，身體的其他部位便陷入被動，被吻得喘不過氣，雙膝發軟。連城還不忘在他耳邊低語著各種讚美和鼓勵，預告將來所有要和他嘗試的親密舉動，煽得他臉更紅，身體更熱，連城只需再往他的耳殼吹口氣，說不定他就會當場融化。

連城倒沒有那麼做，反而稍微拉開一點距離。

張雁鳴最初有些不解，當他總算發現連城是想要看他的臉時，連城的拇指正好擦過他的性器前端，那個已經又紅又熱、不能更敏感的部位。

欲望釋放的瞬間，張雁鳴沒辦法控制身體的抖顫，或是呻吟的流洩。他緊緊閉起眼，眼前腦中都是一片白亮。過程中，連城沒有停止撫觸他，直到他度過高峰。

稍微緩過幾口氣，他慢慢掀起眼皮，睫毛微微顫著，呼吸尚未平順，心臟也仍舊跳得很快。連城正用指背輕輕摩娑他的臉，目光熾熱。

「你不知道你看起來有多麼……」連城輕聲低喃，原本放在張雁鳴臉頰上的手往後圈住他的頸子，摟緊了他。

片刻後，隨著一聲低喘，一股溫熱濺到張雁鳴的腹部和腕上。

張雁鳴也用空著的一隻手抱緊連城。他不需要連城完成那個句子，他知道連城要說什麼，因爲他對連城，也有著同樣的感受。

喜歡你，所以你的一切，全都無比美好。

Chapter 26

又見到醒得很慢的總裁了，連城滿心歡喜。

看了看手錶，上午九點，房內靜得幾乎能聽見空調發出的微弱聲響，雙層窗簾掩得密實，光線昏暗，空氣中瀰漫著催人重返夢鄉的氛圍。

連城是跟著自己設定的鬧鐘起床的。

他洗漱完畢，甚至簡單沖過澡，到衣帽間穿戴整齊，再回來床邊，總裁的姿勢仍然和二十分鐘前一模一樣，連半根頭髮都沒有改變位置。

張雁鳴的睡相非常規矩，全身都蓋在棉被底下，只露出一顆腦袋，側躺在枕頭正中央，和入睡時的姿態沒有太大差別。

連城從空著的半邊床鋪爬過去，用鼻子蹭著張雁鳴的後頸，「嘿，跟你說一聲，我必須離開了。」

張雁鳴發出幾聲沒有意義的鼻音，身體往突如其來的溫暖偎近，反應鈍滯，似乎沒聽懂連城說話的內容。連城伸舌舔了他的頸子一口，他才轉過身，雙眼眨了眨，睜開一半，眸光朦朧，睡意還有六、七分。

連城笑著又重複一次，「我要走囉，去工作賺錢。」

他親了親戀人的臉頰和鼻尖，接著便要起身。

張雁鳴伸手抓住他的衣袖，「留下來，讓我養……」

連城笑了起來，沒想過這輩子會聽見這樣的提議。他試著奪回衣袖，總裁的眼睛睜不太開，手指卻抓得緊。

好吧，多耗半個小時應該不要緊。連城又躺回總裁的身邊，總裁仍閉著眼，呼吸倒已脫離睡眠時的低緩深沉，聽得出他正在通往清醒的道路上掙扎，只是路上塞車的情況有點嚴重。

昨晚，他們只在床上稍微溫存一會兒，便分開來各自入睡，因爲總裁三十多年來都是獨自睡一張床，戀人的擁抱碰觸再甜蜜都是睡眠干擾。

抱著睡不著，睡著之後可以抱吧？

連城張臂環抱總裁，下巴輕壓著他的頭頂，讓人半躺在自己的胸膛上。總裁鬆開手指，沿著連城的衣袖往下，找到他的手握住了。

連城看了一眼房門，「會不會有阿福進來？」

「……什麼阿福？」張雁鳴回答時眼也沒睜，他喜歡背後新添的溫暖，很能助眠。

「就是那種萬能管家，會進房來唰一下拉開窗簾，然後很酷地宣布現在已經下午三點了！」

「現在下午三點了？」

總裁大受驚嚇，掙脫了連城的懷抱，想要坐起身，連城及時把他拉回來。

「沒有、沒有！舉例而已，時間還早。」

大概吧，還不到中午，都算早。連城默默在心裡補上一句。

總裁埋怨地咕噥一聲，翻過身，把臉埋進枕頭，「沒有人會闖進我的寢室。」

「所以，我可以這麼做嗎？」

連城膽量大增，爬到趴著的總裁背上，像第二條棉被似的纏住對方，又像一隻過度熱情的大狗，對著主人又親又舔。

張雁鳴睡意濃重，幾乎不抵抗。他的睡衣寬鬆，領口很容易就拉下來，連城在他的後頸和肩膀灑下無數個細碎的吻，偶爾輕咬幾口。

不過，就算是趁機動手動口吃豆腐，連城還是守著一定的界線，抱著張雁鳴的手隔著薄被，不移動到他腰部以下，親吻也僅限於他露在衣領外的肌膚。

「你通常都睡到什麼時候？」

「沒有在睡……」

「哦？」

「已經醒了，正在……起來的過程……」張雁鳴側過頭，單邊臉頰壓著枕頭，「都怪你太重，不然我早就……早就起來了……」

張雁鳴自認在說實話，剛才被連城那句「下午三點」嚇了一跳，他真的有打算加速起床的過程，可是連城壓著他的重量很有安全感，且溫暖，他不知不覺又眼皮沉重了起來，也沒意識到自己斷續發出的可愛聲音對連城是多大的刺激。

「你聞起來好香，而且好軟。」連城把臉埋進張雁鳴的頸窩，圈在他腰間的手臂往內收緊，夏天的被子薄，隔著被子，緊箍著張雁鳴腰間所帶來的手感還是很清晰。

「好像一顆草莓大福，外皮柔軟有彈性，剝開來內餡香甜、鮮嫩多汁……」

這種形容實在離譜，張雁鳴才不想當一顆……一顆……連城剛剛說什麼？他有意見想表達，身體翻動，甩開了連城，連城陶醉太深，又不熟悉床鋪的寬度，一不留神，直接滾下了床，摔落至地面。

連城哎喲叫了兩聲，還搞不清楚狀況，上方傳來清亮的笑聲。

「總算報了蘇格蘭的一箭之仇！」總裁現在睜開眼睛了，還笑容滿面。

「這不一樣，在蘇格蘭的時候，我可是非常關切又擔心，怕你摔傷摔痛。」連城揉著最受衝擊的屁股，抗議道：「哪像你現在笑咪咪的，一副很開心的樣子！」

「你說的沒錯。」張雁鳴側著身，單手支撐腦袋，望著他笑，「我好快樂。」

連城愣了一下，要說的玩笑話又吞回去。總裁的頭髮睡得好亂，一雙近視眼裡還帶著迷濛睡意。他的睡衣歪斜凌亂，他的笑容……連城從來沒見過什麼畫面比他的笑容更美。

連城受到感染，也傻傻對著張雁鳴笑，不只笑得傻，眼中還有著滿滿的愛慕與渴望。

張雁鳴必定是接收到了，他笑容稍斂，雙頰泛起微紅，眸光裡也流轉著相似的情感。連城直起身，捉住總裁的兩邊衣領，將人拉近過來。

這個吻，有別於剛才的戲謔與單方面，吻得緩慢悠長，激起絲絲酥麻，仿若有股電流竄過兩人周身。

張雁鳴抓住連城的手肘，拉著他回到床上，兩人一起跌進被褥之中，親吻仍然持續著，身體也跟唇瓣一樣緊緊相貼。

一切似乎升溫得太快太急之際，門外忽然傳來響聲，像是什麼重物摔在地上。

兩個人都煞住動作，張雁鳴又把連城甩下身來。這回連城選對了滾落的方向，沒再跌下床。

「阿福撞到東西？」他悄聲詢問總裁。

「阿福從來不會撞到東西。」

連城笑了起來，「所以你知道阿福是在說誰嘛！」

張雁鳴白了他一眼，揚聲朝門外喊：「誰在外面？」

門外的死寂持續了片刻。

「……沒有人喔！」是李志承的嗓音。

張雁鳴一聽就想起是怎麼回事。

他抬起手臂橫在雙眼上，發出沮喪不甘願的喟嘆。

「是今天……我都忘了！」張雁鳴很快放下手臂，滿臉歉意地對連城解釋，「大概每個月一次，我們有個早餐……或者說早午餐聚會，參與成員都是和我親近的萬歷主管。」

連城點頭，「噢，總裁的派系。」

「的確有許多人這麼稱呼那些成員。聚餐地點多半選在這裡，飯店套房既方便又隱密，我一個人住，也不會打擾到其他人。通常我起得晚，所以他們被准許直接進來，餓了就先吃。抱歉……我完全忘記是今天。」

從昨天的約會至今天早晨睡醒，張雁鳴的全部心思都被連城占據，把預定的工作行程拋到了腦後。

「沒關係，反正我也不能久留。」連城說著眉頭一皺，「我該怎麼出去比較恰當？」

張雁鳴沒有立刻回答，他咬著下唇，考慮了一會兒。

「如你所說，他們是我的派系人馬，曝光在他們面前不算公開，也不會被傳出去。所以……」張雁鳴頓了頓，認真望著連城，「你希望讓他們看見你嗎？」

✦

獨自一人踏進起居間時，張雁鳴只簡單穿了襯衫長褲，頭髮也是約略梳過而已，還戴了眼鏡。

隨著向總裁道早安的問候聲，所有視線都集中過來，有些明顯透著好奇，也有人尊重張雁鳴的隱私，假裝並未聽聞方才寢室傳出的嬉鬧動靜。

安東尼搶道：「總裁對不起，我是爲了阻止李總偷聽，和他拉扯之下才意外弄倒了立燈。」

「胡說！我才沒、沒有偷聽！我只是在……欣賞那盞燈，剛巧那盞燈靠近門……」

張雁鳴對兩人的爭論毫無反應，彷彿沒聽見，又或者是不在意。他將視線掃過一個個部屬，最後停留在李志承的胸口。

「你脖子上圍的是什麼東西？」

「您說這條領帶嗎？」萬航的總經理笑咪咪回答，「我的小女兒挑的，她說這些圓點都是磨菇，堅持要我帶它們出來曬太陽。」

張雁鳴別開了視線，不再說什麼。

李志承被問得一頭霧水，見老闆臉色陰暗，一副不開心的模樣，心裡忽然害怕起來，想著自己是不是回答錯了什麼。他用目光詢問其他同僚，大家多半也是滿臉困惑，另有一兩個邪惡的傢伙對他豎起大拇指，明顯幸災樂禍。

「有人要離開房間，你們都進餐廳迴避一下。」總裁接著指示距離餐廳最近的特助，「Chris，你也進去，看好他們。」

「是。」

這項要求引起所有人的騷動、驚詫與好奇，比較大膽的幾位下屬還開口抱怨老闆見外，表示他們也想見一見房間裡的神祕人物。張雁鳴一概不予理會，等著特助像驅趕羊群般把人都關進餐廳，才去敲寢室的門。

連城從寢室出來時，在場只剩下總裁和他的兩位特助。他掃了起居間一眼，隨即和張雁鳴交換了一個連安東尼也猜不出其中含意的眼神。

「我把他們都隔離在餐廳。」張雁鳴說。

連城面露微笑，不出聲地揮手和安東尼、佐久間打過招呼，然後湊到張雁鳴耳邊說了聲拜拜。

最後是佐久間送他從電梯離開。

✦

餐敘果然成了一頓早午餐，結束時已近正午。

送走了所有人，讓特助們先到大廳等待，張雁鳴返回衣帽間，為外出做準備。他從玻璃櫃中選出一條領帶，看著上頭細緻的金色條紋，想起早上他和連城的對話。

「你希望讓他們看見你嗎？」

連城聳聳肩，「沒有特定的想法，你覺得呢？」

「我也拿不定主意，兩者各有優缺點。」張雁鳴說著長嘆一聲。

「嘿，你的衣櫃裡，哪一種花樣的領帶占多數？」

張雁鳴蹙起眉，不明白連城爲什麼忽然有此一問，但仍答道：「應該是條紋最多。」

「要不要玩個遊戲？」連城笑著提議，眼裡閃著淘氣的光芒，「你的男性部屬一定都穿西裝打領帶吧？外面起居間的條紋領帶總數如果過半，我就走出去驚嚇他們。」

於是，張雁鳴獨自先出去，起居間裡有十二個人，九個人打領帶，條紋占了四條，李志承正好是關鍵的那一人。

對於何時將自己與連城的關係告知親信，以及更進一步昭告天下，張雁鳴本來舉棋不定，總覺得還早，怎樣都好，卻在看見李志承的圓點領帶時，被瞬間湧上的失望情緒嚇了一跳。

張雁鳴走到穿衣鏡前，熟練地繫上領帶，在心裡打定了主意。他想要取得母親的認可，想要向更多人公開。

然而該要怎麼取得母親的認可，他卻是有心無力，缺乏強而有效的方法。目前他能想到的，除了讓時間展現魔力，就剩下仰仗父親居中協調。父親向來最懂母親的脾氣與心思，也承諾過要幫忙，如果連父親都束手無策，那就眞的前途多難了。

張雁鳴滑開手機，檢看訊息。

跟昨天、前天以及好幾個再前一天一樣，父親那邊還是沒有傳來任何好消息。

Chapter 27

停機坪上，被戲稱爲孝親號的豪華商務機開啓了艙門，放下舷梯。

以英文名Chris行走江湖的總裁特助公孫潮站在梯底，用恭敬的姿態、無表情的臉孔，對一身旅行裝束的張延齡夫妻說著「一路順風」、「旅途愉快」之類的制式送行詞。

老夫人斜眼瞅著Chris，這個特助自上任起就沒得過她的好臉色，她就是覺得這人陰森森冷冰冰，她不喜歡。

「你家老闆爲什麼沒有來？」

「因爲夫人特別傳了訊息，說不想見到總裁，不准他出現。」

「所以他就眞的不來？哼，如果夠孝順，就算拚著挨罵也會堅持來送行吧？做兒子的這個態度，眞是讓父母心寒！」老夫人扭頭登上舷梯，說話時不再看著對方，「你替我一字不差地轉達，知道嗎？不要跟那個安東尼一樣辦事不力。」

Chris對著老夫人的背影低頭鞠躬，恭順地應下。

進到機艙，老夫人的叨念抱怨仍舊沒有停歇。

這已經成了老夫人近日的例行事項，最初伴著眼淚，泣訴兒子過分，後來傷心漸止，都轉為火氣，氣這個氣那個，身為丈夫的張延齡都快搞不清楚最初的起火點是哪一樁。他努力勸慰妻子，卻始終不得成效，漸漸越來越感疲倦，幾乎要進入半放棄狀態。

但是他不能放棄，兒子還仰賴著他，而整個萬歷仰賴著他的兒子。

「妳打算氣到什麼時候？兒子換掉妳不喜歡的空服員，派了人過來送機，還有這整趟行程、這架飛機，不都是他的孝心嗎？」張延齡苦口婆心。

「那些本來就是他應該做的，不算數啦！」老夫人忿忿脫掉身上的外套與腳下的跟鞋。

隨行的管家掐準了時間，送上保暖的拖鞋，並將毛毯鋪蓋在雇主的大腿上，還幫忙繫緊安全帶。

老夫人啜了幾口特別為她準備的蜂蜜生薑茶，整個人沉在椅中閉了閉眼，企圖寧定心緒。

「唉，好好一個兒子，現在變成這樣，我爸要是還在，我簡直想像不到場面會有多可怕！」老夫人哀聲嘆氣道。

張延齡倒可以想像，而且非常期待見識一下小兒子氣壞外祖父的場面。

「是啊，好可惜他不在了……」他實在討厭他的岳家。

「我妹她們又會怎麼看？家裡出了這麼……這麼……莫名其妙的事，我都不知道往後要怎麼面對她們。」

張延齡的兩個小姨子，都選了跟岳父極像的丈夫，生下的兒子、選來的女婿，也全是類似的德性，沒有一個張延齡看得順眼。

張延齡嗤笑道：「他們要是反對雁鳴搞同性戀，就拿出點骨氣，不要再來靠萬歷吃飯，我還會稍微佩服。」

老夫人瞪他一眼，「生意歸生意，又不一樣。他們一大家子，不倚靠我們，是要餓死嗎？你怎麼狠得下心？」

「好、好，隨便妳說。」張延齡兩手一攤，自暴自棄，「反正再操心也沒有多少年，將來我們走了，管不到了，妳兒子找個十來歲的小白臉結婚，也笑話不到我們身上。」

老夫人一驚，頓時坐直了上半身。

「我不同意！」

「妳要怎樣不同意？託夢顯靈嗎？」

看見妻子驚惶的神情，張延齡發現恐嚇這招意外地有效，便趁勝追擊，「依我說啊，與其以後讓他亂搞，不如我們幫忙看著點。現在他挑的這個就挺適合，連城性情好，爲人正派，有自己的事業，不靠萬歷吃穿，親家遠在加拿大，應酬來往少，日子多清靜。」

「可是……他們那一類人要、要怎麼定義？萬一結婚了，連城不是女婿，也不是媳婦，亂七八糟的不像話！」

「就當兒子吧！五個兒子，都能組一支籃球隊，不是挺風光嗎？」

老夫人一愣，一時竟找不到什麼話反駁丈夫。

「其他事情我不知道，但我敢說連城這個新兒子，一定比妳的寶貝女兒聽話。看看我們那個大小姐，外面藏了個不知道什麼來路的小子，她寧可欺騙全家人，也不敢把人帶回家來，那才叫不像話！」張延齡半眞半假又道，「有時候我還眞羨慕妳，最疼愛的兒子不娶老婆，不愛女人，妳永遠是他生命裡最重要的女性，我可沒有那樣的好命呢！」

老夫人的驚愕更深，她從沒從這個角度想過這件事。

✦

Chris完成任務後，返回萬歷大樓，安東尼和佐久間正巧在對街的美式餐車購買食物。

佐久間朝他揮手，Chris猶豫片刻，穿越街道，走向兩名同事。他早在正規時間吃過午餐，只是陪著他們等待店家製作餐點，順便交換情報。

「送機辛苦了，老夫人有多氣？」

「很氣。」詢問Chris的是佐久間，Chris卻刻意對著安東尼回答，以表達被迫接下送機任務的不爽。

安東尼朝他豎起大拇指，他的不爽更強烈了。

「到底什麼時候老夫人才能接受事實？」佐久間嘆了口氣。

「我覺得老夫人氣的不是『那件事實』本身。」安東尼壓低聲音說。雖然其他排隊等餐的客人都在一定的距離外，還是不能掉以輕心。「她氣的是兒子表達那件事的方式，事後又不肯放低姿態懇求母親原諒，所以就進入了彼此賭氣的階段。以前都是總裁率先退讓，這次可難說得很，兩人之間的僵持，搞不好要過上好幾個月的時間才能緩和。」

而緩和也不代表接納。

「三董結婚的時候，老夫人不是也很不高興嗎？」佐久間先拿到餐點，當場開吃。這頓午餐延誤太久，都變成下午茶了，他好餓。

安東尼回答：「不太一樣，當時老夫人的怨氣都集中在新媳婦身上，覺得兒子沒問題，都是妖女不好，到現在也沒有眞正接納三董夫人。」

或許一輩子都不會。

三名人精似的特助對此都心中有數。

「連城比較討人喜歡，不適用前例。」Chris淡淡說道。

「哇，公孫先生的好評耶！連老闆如果知道，一定感動得痛哭流涕。」安東尼衝著同事咧開嘴笑，都忘了要降低音量。

「我陳述的是客觀事實，與個人好惡無關。」Chris推了一下眼鏡，鏡片後方的目光陰寒犀利，「你再叫一次那個稱呼試試，我可不像老夫人和大小姐，待你那麼寬厚。」

安東尼嘻嘻一笑，不怎麼害怕。

等安東尼也拿到了餐點，佐久間已嗑完了第一個漢堡，伸手進紙袋拿出第二個，繼續狼吞虎嚥。

佐久間剛入職的那段期間，大家偶然一起用餐，另外兩人還會對他的食量和吃東西的速度感到驚嘆，現在已經見怪不怪。

安東尼並不打算站在街邊用餐，於是三個人開始往萬歷大樓走。

「我也喜歡連老闆，他是個好相處的人。」佐久間並不在乎邊走邊吃，手上的第二個漢堡轉瞬間只剩下三分之一。

佐久間認爲，連老闆不僅容易親近，還讓總裁原本一成不變的嚴肅生活產生變化，變得豐富了起來。

經由那些次數不算多且間隔許久的約會，總裁欣賞的藝文面向及大眾娛樂類型擴展了，從珠寶展覽到文創市集，從爆米花電影到外語歌劇；而總裁與戀人的遠端互動也增加了，手機的運用更進步神速，需要助理從中協助的頻率大幅減少，因此讓安東尼有些失落。

上個星期，總裁出席了連城大學同窗每月一次的橋牌之夜，下個月他們跟張龍騰約好要駕船出海，同時兩人還在努力排出時間想學潛水。

當然，不是每一項嘗試都獲得成功，據說他們一起參加的烹飪課程是一場史詩級的災難，總裁的律師帶著封口費和保密合約到場，要求其他同學不得洩漏課堂上的所有細節。

聽起來很荒謬，佐久間有點懷疑那是謠言，但是連號稱萬曆情報頭子的安東尼也沒辦法確定事情的眞假。

在兩人交往期間，總裁不可避免還是得處理繁雜的日常工作事務，也得爲即將到來的無數場股東大會做準備；而連城也有餐廳要照顧，並且面臨房東明年不再續約的餐廳搬遷問題。

被種種瑣事纏身，他們相處的時間根本不夠！

「老闆幹麼不跟連老闆說，要他不必再去尋找新店地點？」佐久間配著冰茶嚥下最後一口漢堡。

「總裁希望等到塵埃落定再給連老闆一個驚喜吧，就不知道是何年何月……」安東尼意有所指地瞄了Chris一眼。

Chris冷冷回視，「價碼正在談，簽約移轉產權所有人之後，還有許多合約要擬，催我沒用。」

「老闆他們的約會時間已經夠少了，下次連假還答應要帶兩位少爺和海桐小姐去海生館，人眞的好好。」

在踏進萬曆大樓之前，佐久間把第二個漢堡的包裝紙拋進垃圾桶，手裡剩下半杯飲料和紙袋中的薯條。

「連假帶小孩出遊，人多擁擠，眞難想像Boss能夠忍受。」

「擁擠是優點啊！爲了避免在人潮裡走散，當然要手牽著手，而且是十根手指緊緊相扣——」佐久間掐著飲料紙杯，兩眼發光，「偶然有路人擠過來，兩個人不小心貼靠在一起，那意料之外的親密接觸！一瞬間的臉紅心跳！」

「……你知道總裁他們的『親密接觸』已經超過十指緊扣這種小菜了吧？」

「你絕對是處男吧？」

「我老早就不是處男了啦！」

此時三個人剛巧走到電梯前，有不少人正在等電梯，佐久間爲自己辯白的聲音太大，引來許多好奇的視線，以及刻意壓低音量的竊笑。他窘得滿臉通紅，又因爲身材高大，不能躲到任何人背後，只好故作鎭定，仰頭盯著不斷跳動的電梯數字，心中尷尬欲死。

經過佐久間此生最漫長的等待，電梯門終於打開，他們三人率先走進去。

佐久間幫忙按住電梯的開門鈕，外面的人群卻裹足不前，有的朝他客氣微笑兼搖頭，有的直接閃身走到其他部電梯前，一名比較菜的員工抬腳要走進來，還被人伸手拉住了。

佐久間搞不懂這是怎麼回事，轉頭往後望，安特助和公孫特助倚靠著電梯壁面，雖然神情並不凶惡，卻明顯散發出生人勿近的訊息，也確實成效驚人。

最年輕也最友善的佐久間特助放棄了，鬆開手，任電梯門緩緩關閉。

「你們幹麼這樣？害我沒辦法和公司的大家做朋友！」

「爲什麼要跟那麼多人做朋友？你是少年漫畫裡的熱血男主角嗎？」安東尼打趣道。

Chris也陰惻惻地笑，「怎麼確定不是你的非處男宣告嚇到了他們？」

佐久間皺起眉，覺得同事在開玩笑，又無法確定，就算追問大概也不會得到眞正的答案。他放在衣袋裡的手機響起短促的提示音，掏出一看，他忍不住滿臉欣喜，是鳳三郎的粉絲團直播通知。

「三董的粉絲見面會開始了！」

安東尼挨過來瞄了一眼螢幕，再看佐久間興奮的模樣，訝異極了，「你追蹤三董的粉絲頁不是爲了工作，你是他的粉絲？」

佐久間點點頭，「我來萬歷工作之前就加入三董的粉絲團了。鳳三郎寫的故事眞的很好看喔，走驚悚恐怖路線，卻不會留下讓人睡不著的陰影，既紓壓又安全。如果不是工作在身，我眞想參加見面會的資格抽選。」

其他兩人聽了都露出詭祕的笑容。

安東尼拍拍他的肩膀，「傻孩子，那不是你該去的場合。」

「太高級嗎？」

「不，是你太純潔。」

「其實，去一次也好，」Chris歪了歪嘴角，「可以告別處男之身。」

佐久間大吃一驚，「不會吧，不是在飯店舉辦的下午茶嗎？」

「白天舉辦的下午茶當然正派，」儘管電梯裡並無旁人，安東尼還是故作神祕地附在佐久間耳邊低語，「內行的人都知道，重點在接下來的活動。」

✦

張鳳翔所舉辦的下午茶見面會著實非常有趣，誠如他在母親節聚餐那時對連城所言。

即便喜歡閱讀，也喜歡某幾位創作者的作品，連城卻從來不是活躍的粉絲，甚至也沒有透過網路追蹤創作者的習慣。他多是在逛書店時隨興所至購書，喜好通俗小說以及商業經營類書籍。

這是連城第一次參加這種與作者互動的粉絲活動，雖然他早在其他場合和該名作者有過許多交流。

現場氣氛十分熱烈，超乎他的預期，男女粉絲的比例大約是四與六，年輕人居多，言行間還帶著些許偶像崇拜式的狂熱。

或許是習慣把太多注意力放在張雁鳴身上，連城有時都忘了，其實張鳳翔的外表也有相當的水準，且個性熱情，筆下的世界淺白有趣，也難怪受歡迎。

到場後聽其他粉絲提起，連城才得知這場活動參加名額有限，必須是抽選中籤的幸運兒才有資格到場，唯有他是受到張鳳翔的特別邀請。本來是以捧場心態出席的連城，看著其他人臉上毫不掩飾的喜悅，不免小小心虛。

見面會時長總計三小時，圓滿結束後，連城不急著走，想著要親自向張鳳翔說聲謝謝，再鄭重告辭，如此才不失禮數。

張鳳翔見到連城很開心，興奮地問他感覺如何。

連城當然是讚不絕口，宣稱這是一次新鮮有趣的體驗，說到最後，正要開口道別，卻遭到了挽留。

「別急著走啊！後面還有特別行程，到我家欣賞我的收藏，那些都是我的創作靈感來源，十分難得一見，你非來不可，保證不虛此行！」張鳳翔興高采烈道。

連城看了看時間，去一趟也許會稍微耽誤到晚餐，不過今天三隻羊不需要自己，總裁有視訊會議要忙到很晚，閒著也是閒著，便答應了。

在工作人員的指示下，連城上了計程車，意外發現有一小部分粉絲也將參加所謂的特別行程，比如與他同車的那三名妙齡女子，只是她們都忙著利用短暫的行車時間整理頭髮和補妝，沒空跟他說話。

或許是錯覺，三名女子補完妝後，連城覺得她們每個人忽然都變得火辣很多，卻也沒怎麼放在心上。

計程車停在半山腰一棟洋房別墅前。

張鳳翔擁有的這間別墅，外觀還算中規中矩，主人的強烈個人特色都展現在內部裝潢上，大概有一半的屋內空間採陰森與華麗兼具的黑暗哥德風，彷彿擔心訪客不知道屋主是位靈異小說作家。

別墅裡外有十幾名工作人員穿梭來去，不知道在忙些什麼。雖然好奇，連城卻並未出言相詢，況且也沒那個餘裕，他忙著跟在張鳳翔身後參觀整棟宅邸。

張鳳翔沒有誇大，別墅內的藏品的確值得一觀，數量又多，單單走馬看花，便需要不少時間。張鳳翔沿途熱切解說，連城也認眞聆聽，還要適時做出符合主人期待的反應，善盡一名粉絲兼賓客的責任。

等連城將整間別墅全都逛過一遍，張鳳翔領著他穿過敞開的落地窗，走到一處大型露臺，連城才後知後覺地發現眼前所見全變了個樣。

熱門的流行音樂震天價響，酷炫的戶外燈光變幻閃爍，幾乎能弄瞎人眼。屋裡屋外，樓上樓下，觸目所及都是酒精與賓客，衣著非常非常清涼的賓客。

而且，天完全黑了。

喔不，張鳳翔舉辦的夜間活動！

「哈哈，嚇一跳吧！」張鳳翔先是消失了一下子，又像變魔術般從連城身旁冒出來，遞給他一杯酒，「是不是覺得很驚喜？」

連城考慮著是不是該實話實說，說自己驚訝得快嚇死了。

露臺附近忽然傳出好大的聲響，連城循聲轉頭，看見有人在開香檳，剛好錯過目睹張鳳翔從口袋掏出兩顆白色小藥丸，分別扔進兩人的酒杯裡。

藥丸沉到杯底，迅速冒泡溶解。

「我家給人的壓力很大，你一定飽受折磨吧？」張鳳翔湊到連城耳邊說，旋即又退開一步，高舉酒杯，眨眨眼笑，「但是別擔心，有三哥在，隨時都能輕鬆享受人生！乾杯！」

話說完，張鳳翔脖子一仰，把那杯加料的酒咕嚕嚕灌下喉嚨。

Chapter 28

晚上的視訊會議比預期中早結束，這已經可以稱得上是張雁鳴一整天下來碰上的最大好事，尤其在聽取Chris送機回來的報告之後，這種感覺更形強烈。

爲會議留下加班的員工陸續離開，包括總裁的特助們。安東尼已婚，第一個告退，Chris在半小時後離開，唯獨佐久間始終沒走，說是喜歡辦公室的冷氣。

八點鐘，張雁鳴自己也該走了。他靠著椅背，伸展了一下僵硬的肩頸，拿起手機，傳送訊息給連城。

「剛結束視訊會議，正準備離開辦公室。你呢？還在餐廳？」

光是送出這行再普通不過的訊息，就讓總裁心情大好。

回覆來得很快。

「嘻嘻，我在神祕的好地方，寶貝快來一起玩呀！」

總裁呆了一呆，跳出訊息畫面又跳回來，再三確認自己沒有傳錯人。連城的手機被誰拿去玩了嗎？

「你不是連城吧？」

最好不是，他不太喜歡對方回話的風格。

回覆卻沒再出現，連已讀的標記也沒有。兩三分鐘後，他不再枯等，直接撥打連城的手機。

電話很快被接起，張雁鳴剛叫了一聲「連城」，另一頭便爆出一串笑聲。

「那個人的名字叫連城呀？嘻嘻，好好笑喔！」應答的是個陌生男人，嗓音尖細，有點上氣不接下氣，彷彿正忍著笑說話。

男人所在環境吵雜，不容易聽清楚他說的每一個字，但是總裁很確定對方就是剛才代連城回覆訊息的人。

「可以把電話交給連城嗎？」張雁鳴耐著性子問。

那人完全不聽他說話，只是自顧自笑，「哎，你的來電名稱是大總裁耶，什麼很大？那裡嗎？嘻嘻嘻。」

沒禮貌！總裁按捺著火氣不破口大罵，重複了幾次要找連城，然而話筒只聽得見音樂聲與旁人的高聲笑鬧，就是沒人回答他。再過一會兒，通話竟戛然而止。

張雁鳴摘下眼鏡，疲倦地掐了掐鼻梁，再度撥打電話，這次一路轉進語音信箱，第三次、第四次打過去的結果都是一樣。

他終於放棄繼續撥號，皺眉瞪著手機螢幕。

連城是不是搞丟手機了？那可不妙，連城的手機裡有很多他們兩人的照片，不宜外流，得找回來。

張雁鳴打開手機定位APP，這是連城不久前半開玩笑要他一同下載安裝的，當時他還嘲笑這款程式的存在意義，不料眞有派上用場的一天。

一查之下，連城的手機被定位在張鳳翔的別墅裡。

總裁的眉毛高高揚起，不敢相信。

三哥家裡怎麼有人膽敢那樣跟他說話？

他試著猜測幾種可能的原因，沒有一種讓人滿意。

張雁鳴立刻撥了張鳳翔的手機，又進入他現在十分厭惡的語音信箱，按掉再撥才順利接通。

張鳳翔所在之處同樣人聲和音樂聲嘈雜，兄弟倆努力拉高音量都還聽不清對方在說什麼，直到張鳳翔移動至一個稍微安靜點的房間，才終於有辦法順利對話。

「雁鳴！嘿！我唯一的弟弟！這時候打來，好難得，有什麼——嘿嘿，急事嗎？」

「你在開派對嗎？」三哥的派對是今晚？總裁忽然有點不安。

「對啊！熱鬧得不得了的派對！你、你、你要加入嗎？嘿，對！你應該加入，立刻來！」

總裁不甘願地想起那則「寶貝快點來玩」的訊息，腸胃一陣不適。

「聽我說，三哥，連城的手機——」

「連城？剛剛還看到他，一眨眼就不見了！」

張雁鳴覺得自己全身的血液瞬間凍結了，「……連城也在你那裡？」

張鳳翔哈哈笑了起來，「不然呢？你打電話不就是要找他？」他停頓了一會兒，似乎在東張西望，「可是……現在看不見他呢。我們一起喝了幾杯，他就咻一下跑不見，大概是到處去玩了吧。」

「到處去玩？」張雁鳴猛地站起，座椅砰一聲往後彈動。「你明知道連城是我的人，爲什麼還帶他去你那個、那個……淫亂的聚會？」

「哎喲！大家都是成年人，偶爾放輕鬆玩玩，你不要——哈哈，緊張嘛！」

張鳳翔這傢伙，完全不否認對於聚會淫亂的指控，讓人怎麼不緊張？

「我馬上過去！連城最好沒事，要不然、要不然……」張雁鳴快速在腦中搜尋各種可用的威脅，「我保證你嘗到的苦果，絕對是你所有小說情節累積起來也比不上的悽慘！」

張鳳翔倒抽了一口氣，「你……你……你眞的……」然後他疑似發出一陣輕聲啜泣，「你眞的……讀過我的小說？老天！全部讀過？我一直以爲你們都只是口頭說說——」

張雁鳴憤怒地切斷通話。

跟自己這位三哥生氣，眞的是永遠都收不到預期的效果！

✦

佐久間下午聽安東尼說了許多關於張鳳翔夜間派對的祕聞，此刻親身踏入魔窟，一顆心緊張得怦怦急跳。

這就是留守辦公室至最後一刻的「福氣」，老闆忽然氣勢洶洶衝出來，要他跟著去一趟三董舉辦的派對，害他把剛拆開的餅乾灑了大半在身上。

張鳳翔的別墅又大又美，佐久間是第一次來。通過相對空曠的車道和前院，他和總裁朝音樂的來源走，屋裡和後院的泳池，便是酒池肉林的所在。

安東尼說這不是他該去的場合，這話說得很對，要不是怕跌倒，佐久間眞想閉起眼睛走路。

大家身上的……布料，好多都沒遮到重點，會著涼的啊！

總裁沒那麼關心別人的健康，目不斜視，腳步很快，目的十分明確。

佐久間急忙跟上，還要偷空拍掉西裝上的餅乾屑。他高大健壯，在總裁身邊也經常兼任簡單的保鑣工作，像現在他就要幫忙開路，以及不要讓那些只看見老闆可口的外表、卻認不出老闆是誰的醉鬼們把爪子伸過來。這件事難度不高，就是要小心避開某些不該看的畫面，以免對心靈造成衝擊。

泳池附近非常瘋狂，佐久間盡可能遠離池邊。他看到有人隨著音樂舞蹈扭動，下一秒就扭進水裡，也有人是被故意推下去，無論出於哪種原因落水，似乎無人在意，大家笑鬧成一團，在岸上在水裡繼續狂歡。

佐久間抬起頭，二樓的大露臺隱約能瞥見張鳳翔的身影，張雁鳴卻不往那邊走。

「老闆，我們不去找三董嗎？」

「先找連城，現在的三董沒辦法用人話溝通，對我沒有幫助。」總裁看著手機螢幕，拐了個彎。

張雁鳴一直按照定位APP的顯示走，在抵達連城手機所在位置之前，他先看見了連城。

有那麼短短的一瞬間，張雁鳴希望自己其實沒看見連城。他聽見身旁佐久間的抽氣聲，他希望佐久間也沒看見連城。

他記得這個房間沒有特定的用途，三分之二的木板地鋪了長絨毯，到處都是沙發椅，單人或雙人都有，也有少數是可以平躺一兩個成人的尺寸。兩名酒保在配備齊全的豪華吧臺後方忙碌，窗邊的三角鋼琴此刻只是一件供客人倚坐的漂亮家具。

據張鳳翔說，這裡適合放鬆小酌，今晚的賓客也的確很放鬆，或兩兩成對膩在椅中，或地毯上，從耳鬢廝磨到大膽親熱皆有。面對泳池的玻璃門大開，空氣對流通暢，卻依然瀰漫著香水混著酒精以及一些不知名玩意兒的甜膩氣味。

其中一張寬敞得可說是張小床的長椅，連城就俯趴在上面，閉著眼睛側著頭，一條手臂垂在椅子外側，彎起的手指指節剛好碰觸到地毯。

五彩變幻的燈光從泳池方向打過來，藍的紅的橘的，視線不算太好，但是已經夠張雁鳴看出，一條糾纏在連城腰臀上的大毛巾是唯一覆蓋住他的布料……然後，長椅旁邊還有個穿著黑色絲質袍子的男人，他與連城的頭髮都濕漉漉的，彷彿才剛剛共浴過。

張雁鳴的手不覺握成了拳頭。

那人半跪在連城身側，一雙手在連城光裸的腰、肩膀和背脊恣意掐捏著——那些張雁鳴只隔著衣服碰觸過的部位。

✦

連城不知道事情怎麼會變成這個樣子。

張鳳翔塞第一杯酒來時，他找遍所有理由推辭，但是正在興頭上的張鳳翔糾纏不清，怎麼樣都不聽人話。

連城不願意跟張鳳翔鬧僵，甚至得罪對方，無奈之餘，他喝了幾杯，權當是應酬。他的酒量向來不差，遠高於張氏兄弟，並不擔心被灌醉。

大概喝到第三杯雞尾酒，有賓客來找張鳳翔說話，連城才匆匆道別，想要盡快離開。

然而卻意外地難以辦到。

從連城的眼睛看出去的一切都太奇怪了！四周充滿光影與色彩，亮得要命，同時又模糊不清；音樂震動耳膜，害他心跳加快，腦袋兩側隱隱疼痛。他看不清楚樓梯的邊界，拿捏不準每一個步伐的距離，彷彿雙眼忽然得到嚴重的散光。

自己喝醉了嗎？好多年沒醉過，連城幾乎忘記那是什麼感覺……啊，今天早上有一點感冒的預兆，或許也有關聯？連城抓緊樓梯扶手，慢慢一級一級往下走，一樓地面看起來扭曲怪異，他萬分小心踩上去。

到達一樓，距離成功逃走已經不遠！連城專心看著腳下的路，莫名出現的多彩光暈、東倒西歪的賓客等各式來自派對本身的干擾，讓他步履更加蹣跚艱難，有時撞到人，有時反過來，別人撞到他。

當連城一個踉蹌跌進泳池裡時，他實在搞不清楚是因爲撞人還是被撞。

他在泳池裡嗆了幾口水，周遭不少人拍手大笑。太好了，在溺死的時候得到掌聲和歡呼，眞是離開這個世界最好的方式。

但連城沒有浸在泳池裡太久，他被人撈起，趴在地面猛烈地咳嗽，此時他的手機從褲子口袋掉了出來，螢幕閃出新進訊息。哇！手機居然還能運作，廠商宣揚的防水功能不是騙人的，他大大鬆一口氣。

有個年輕女孩在連城旁邊蹲下來，對著他的手機發出驚嘆，「好厲害，還能用耶！」

「有……有防水……」連城說著又咳兩聲，喉嚨火燒般疼痛。

女孩拿起手機細看，轉頭朝遠處叫道：「喂，你來看！我想買的手機就是這款，眞的可以防水喔！」

然後女孩竟拿著手機跑開了。

連城想追過去討回手機，卻無法立即站起。他覺得好暈好冷，身體一抖，連打好幾個噴嚏。這下不是預兆，他的確要感冒了。

「最好快把濕衣服換掉。」一個男人伸手撐在連城的腋下，把他拉起來。對方似乎就是剛剛幫忙把連城撈上岸的人，身上同樣也濕淋淋的。

連城被半拖半拉著又回到了室內。

能擺脫濕冷的衣服雖然令人高興，但是連城懷疑脫他衣服的傢伙順便吃了他不少豆腐，他盡可能推開對方，最後全身乏力地趴倒在某處。

他的頭依然暈著，身體疲倦虛弱，想要小睡個十分鐘，那個男人卻又貼上來，氣息噴吐在他的頸間。

連城皺起眉頭，「抱歉喔……我有男朋友，穩定交往中。」

「穩定交往最無趣了。」那人嗓音帶笑，附在連城的耳邊輕聲說，接著伸手揉捏連城的後頸。

之後的記憶非常模糊，連城大概沒幾分鐘就失去了意識。

也不知道過了多久，連城再睜開眼時，腦袋裡仍舊是一團糨糊。他逼著那團糨糊勉強運轉，盤算著等會兒要打電話給莊孝謙，拜託好友過來接他離開張鳳翔的別墅。

不知道現在是幾點？莊孝謙很可能正在餐廳裡忙碌著。但他不能找總裁，他不想總裁目睹自己這副模樣，不能在他們的關係如此穩定美好的時候，冒險搞砸一切。

然而事與願違，彷彿他一想到總裁，某種神奇的魔法就將總裁呼喚至他的面前。

一開始，連城以為那是幻覺，就像那些奇怪的五彩光影，但是總裁沒有在他用力眨眼之後憑空消失。他與總裁的視線短暫接觸，眞的很短暫，因爲總裁迅速移開了視線，默默掉頭離開。

就算腦袋是一團糨糊，連城還是能意識到，他搞砸了。

Chapter 29

連城醒來時頭痛欲裂，好像有人拿槌子不斷敲擊他的腦袋。

他抱住頭，蜷縮起身體，卻因動作過大，從床上摔落地板。

床？連城暫時遺忘了疼痛，舉目四顧，天花板懸著熟悉的燈，他跌坐在地板上，被熟悉的家具圍繞。

這裡是他公寓的寢室。

腳步聲從廚房由遠而近傳來，楊大廚端著一個大碗走進臥室，用一種匪夷所思的表情盯著他看。

「你躺在地上幹麼？」

眞是好問題，他要是答得出來就好了。

「發……發生了什麼事？」連城的頭痛依舊，同時噁心想吐，剛才摔下床時又撞到手肘，折到手腕，全身沒有一處不在哀號呻吟。

「我猜是縱欲過度的下場。」楊大廚輕鬆說道。

「我才沒有！」連城反駁，隨後心中又生出一絲不確定。

他、他沒有縱什麼欲吧？但是，楊大廚會這麼說，表示他應該知道自己昨晚去了張鳳翔的派對。

連城連忙問：「我是怎麼回到公寓的？」

楊大廚把飄散著食物熱氣與香味的大碗放在床邊的小桌上，只是以連城現在的狀態，他聞到什麼都不舒服。

「有個日本人送你回來。當時我還在餐廳忙，一時走不開，是他和孝謙一起把你扛上樓的。」

連城思忖，所以自己的確打了電話找莊孝謙幫忙？但怎麼會全無印象？

「什麼日本人？」他又問。

「日本人就日本人啊！」

連城不解地皺起眉，楊大廚也歪頭回視。

算了，隨便！跟楊大廚這種人說不明白！

連城轉身爬回床鋪，盡量不使用剛剛被撞得隱隱發疼的左手，費盡了九牛二虎之力才成功，而且期間楊大廚絲毫沒有施予援手的意思。

連城喘著粗氣，攤平在床上，眼前發黑，喃喃道：「從、從沒經歷過這麼、這麼厲害的宿醉。」

「不是宿醉喔，你喝的酒裡面有摻東西，加上重感冒，所以你才會變成這副死樣子。」楊大廚從床頭拿起一張紙，照著念了起來，「你的身體對藥物反應過大，最好乖乖睡覺，不要做任何事，最多四十八小時，派對上攝入的藥物就能全部代謝掉。至於重感冒，沒有其他方法，就是休息、吃飯、喝水、吃藥。以上這些全都是醫生的指示。」

醫生？

連城只覺莫名其妙，自己又沒去看過病，哪來的醫生指示，楊大廚從剛才到現在說的話全都沒有半點道理！

「聽到沒？快吃！吃飯，吃藥！」

楊大廚走後留下的熱騰騰美食，連城終究沒有碰，他暈得像坐在一輛極速狂飆在蜿蜒山路上的車子裡，不僅毫無胃口，更沒把握能留住吃下的食物。

他空腹把藥吞了，幸好沒吐出來，胃痛一陣後，暈沉沉地睡去。

或許是醫生開的藥實在重，好多怪異的夢境困住他，常常以爲自己醒了，其實還在作夢。夢中的他不斷重複經歷派對的那一幕，總裁一次又一次轉身離開，他追上去想解釋，卻說不清楚話，只是嗚咽哭泣，懇求對方別走。或坐或站在泳池邊旁觀整段過程的人都變成了楊大廚，他們拍手大笑，像是在笑連城的狼狽和自不量力，場面既詭異又尷尬。

有時他恍恍惚惚醒來，發現自己猶然全身燒燙；有時他隱約察覺到有人來到他的床邊，掀他的眼皮、戳他的喉嚨，弄得他很不爽。

最不爽的是他試圖掙扎時，那人發出了討厭的笑聲。他聽過這個笑聲，只是一時辨識不出這個笑聲屬於誰。

後來還有個嚴肅的聲音在說話，似乎帶著怒氣，他聽了又是想念又是怕。

幾次意識稍微恢復清醒，連城最常見到的人是莊孝謙，其次是端著食物過來的楊大廚，當然也碰過沒有人的時候，這時通常會有一份餐點放在小桌上，附上一張字條，寫著「快吃」二字。

比起吃飯，連城優先選擇洗澡換衣服，洗著洗著不小心在浴缸睡了十來分鐘，最後帶著頭痛鼻水和猛烈的噴嚏，搖搖晃晃回到臥室，捲著毯子發抖。

下一次他又看見放在小桌上的餐點，紙條上寫著的文字不只有「快吃」，還多了「蠢蛋！」。

至少他現在是乾淨的蠢蛋，聞起來香香的。

某次醒過來時，一度失蹤的手機也出現在小桌上，倚著藥袋水杯，插著線充電，他連忙伸長了手取過手機，急切地查看。

沒有總裁的訊息或來電。

連城怕自己在暈沉之下有遺漏，來回檢查過手機三遍，就是什麼都沒有。

他難過、失望，又不能責怪任何人。

他把毯子捲得更緊，吸著鼻子，哀悼他人生中最可貴的一段戀情。

✦

連城感覺自己這場病綿延了好久，直到他某一天在耳溫槍的嗶聲中醒來，迎面見到莊孝謙的笑臉。

「溫度正常，你看起來好多了。」

連城緩慢從床上坐起，有點虛弱，有點迷惑，但是頭不痛不暈，雙眼看出去的世界也不再扭曲，確實是好多了。

他打直腰桿，伸展上肢，關節處喀喀作響，他實在是睡得太久了。

「我到底病了幾年？」

「今天是第三天。」

「才三天？」莊孝謙的回答令連城大爲意外。他問病了幾年當然是誇飾，但至少也有個五、六天吧？

「大部分時間你都在昏睡，時間感混淆了。」莊孝謙笑道：「要不要吃點東西？你應該很餓吧？」

簡直餓到前胸貼後背！

不過連城不想在臥室吃，他想要下床走動。

他拿了手機，懶得更衣，就披著原本蓋著的薄毯，跟在莊孝謙身後走進客廳。

楊大廚也在，他盤據在電視機前，看著音量被調弱至接近無聲的節目。楊大廚願意犧牲電視音量，那是很稀奇的，連城不覺有些感動。

坐進沙發，連城在吃東西之前先查看手機，未讀訊息和未接來電多到快從螢幕滿出來，就是沒有半則半通來自總裁。他沮喪地丟開手機，往沙發一倒，腿跨著一邊扶手，雙手交疊在肚子上，眼睛茫然盯著天花板，忽然一點都不餓了。

「怎麼回事，哪裡不舒服嗎？」莊孝謙關切地問。

「沒……只是發現他不再關心我，衝擊有點大。」

「誰？你不是在說張雁鳴吧？」

不僅莊孝謙驚訝，楊大廚也詫異地回過頭。

「我知道不能怪他。」連城依然望著天花板，自怨自艾地說下去，「是我自己搞砸的，被拋棄也是可預見的下場。」

楊大廚搖了搖頭，又把頭轉回去，喃喃叨念了一句：「可憐的傢伙，確實病得不輕。」

「連城，你聽我說，這中間應該存在誤會。」莊孝謙開口。

「當然存在誤會！我不是自己想要參加那場派對的，而是……莫名其妙參加了那場派對！」連城終於放棄和天花板乾瞪眼，扭頭望向莊孝謙，神情激動了起來。

「然後、然後他一看到我，就掉頭離開……」激動沒兩秒，他又完全洩了氣，「好像我是一隻令人噁心的小蟲子，他再也不想看第二──」

「那是什麼意思？我不記得說過討厭小蟲子。」

連城和莊孝謙都被冷不防加入的人聲嚇了一跳，一起看向大門。

張雁鳴剛掩上門，西裝革履，眉頭微蹙，連著爬五層樓梯讓他的呼吸略顯急促。

他一手提著紙袋，另一手把公寓鑰匙拋給莊孝謙。

乍見張雁鳴，連城驚喜交集，沒空去管那副鑰匙是怎麼回事，急著要從沙發上站起，一條腿卻勾纏在毯子裡，竟不小心摔在地上。

總裁馬上走近幾步，作勢要扶，卻又倏地停住，眼裡滿是警戒，好像擔心連城會咬人。其他兩人也是類似的動作，緊盯著可憐巴巴的連城，就是不出手相助。

男朋友和好朋友居然都如此冷漠無情！也許是大病初癒，情感上格外脆弱，連城吐出一口幽怨長氣，伸手去扯毯子，過程中手腳不停碰撞咖啡桌。

楊大廚歪著頭，好奇問：「你這次不發作嗎？」

「發作什麼？」拉扯半天，連城終於脫困，忿忿把毯子踢到一旁。

「就是跟之前一樣，撲過去抱著你男朋友的腿痛哭，求他別走啊！」楊大廚指著總裁。

總裁別開臉，不與任何人視線相觸。

跟之前一樣？連城呆了一呆。

他下意識就想指責楊大廚胡說八道，自己哪有做過那種事，卻見莊孝謙一副強自忍笑的模樣，他不由得想起了先前幾個零碎的夢境片段……

不得了，那些不是夢！他是真的做過那些丟臉的事！

楊大廚見連城呆愣無語，以爲連城兀自不信，便說：「要看證據的話，我有拍影片。」

說著楊大廚就要掏出手機，莊孝謙忙扯住他。

「好了，我們走了啦！」

莊孝謙拉走了不情不願離開的楊大廚，等到兩人的腳步聲和交談聲逐漸遠去，客廳裡又復歸平靜。

儘管連城還是不能明確憶起自己在「夢境」裡對總裁做過哪些事，但能讓向來老成敦厚的莊孝謙笑出來，想必那些事很夠令總裁尷尬了。

「抱歉，我眞的一點都不記得。」連城低聲說。

張雁鳴沒有看連城，目光一直望著地板。他肩膀線條僵硬，緊皺的雙眉中間有一道很深的痕跡，難說是心情不好還是疲倦所造成，或者兩者皆是。

他走近幾步，把提袋放在桌上，連城這才看清楚紙袋外側的萬江樓標誌。

總裁幫他帶了食物。

這幾天吃下的餐點當中，的確有一部分不像楊大廚慣有的手藝，那幾日連城味覺失靈，嘗不出什麼滋味，還以爲是友人去附近餐館隨便買的。

總裁必定來公寓探望過他多次，而且既然總裁早已知道他病歪歪整日昏睡，自然沒必要傳訊息或撥電話過來。

是他自己神經兮兮，誤以爲總裁拋下他不理不睬。事實根本完全相反。

「對不起。」

張雁鳴終於飛快朝連城掃去一眼，他的雙唇抿成一條薄線。他知道連城的道歉是針對另一件事。

「對不起，但是我沒有在派對上縱欲狂歡，我……」連城懊惱地跌坐回沙發上，單手支著額側，「其實我也不確定發生了什麼事。」

總裁終於稍稍放鬆肩膀，嘆了口氣。

「我知道發生什麼事。」張雁鳴在長沙發的另一端坐下，視線越過咖啡桌，隨意落在窗臺角落，「三哥屋裡的貴重古董很多，因此到處設有監視器。那天晚上，我把所有你出現的畫面都調出來看過了。」

從連城抵達宅邸、參觀藏品、喝了酒掉進泳池、意識昏沉被奇怪的陌生人糾纏……

張雁鳴看到最後牙關咬緊，握成拳頭的指關節都發白了，在旁操作影片播放的保全人員心驚膽戰，連呼吸都變得極為謹慎，生怕總裁遷怒。

幸好，還有一條大毛巾緊緊纏在連城的腰臀上，讓他不至於全然地春光外洩。

「你算是運氣不錯，那個人做的事只有……只有……」回想起監視帶畫面，張雁鳴的妒火騰騰地冒上來，忽然覺得「只有」這個詞用得大錯特錯。「你讓別人隨便摸你！好多地方都、都被摸了！」

「我沒有『讓』誰摸我，不要對性騷擾的受害者生氣嘛！」連城試著撒嬌。

卻不是很有用。

「你很可能會落得其他更不好的遭遇！這種事早有前例，就發生在三哥的派對上，還不只一兩次！」

「我真的以為只是跟三哥喝幾杯，沒想過酒裡會加料。」

「三哥這個人……」張雁鳴無奈地閉起眼，抬手捏了捏鼻梁，「很難聽進別人的勸告。他告訴我，說他是在做好事，想幫助你放鬆。」

「仔細一想，整個派對充滿想幫我放鬆的人呢！」

總裁凌厲的眼神猛然射來，連城立刻縮回去道歉。

現在說笑顯然還太早。

「如果我可以問一下的話……」連城一面謹慎開口，一面觀察總裁瞪著他的神態有無改變，似乎凶歸凶，但沒有更凶的趨勢，於是他便大膽問了，「我一點印象都沒有，到底我是怎麼被摸的？被摸了哪裡？」

張雁鳴勉為其難地想了想，說：「從旁觀者的角度看，很像是……嗯，指壓按摩？」他皺起眉，自覺說法奇怪，又想不到更貼切的描述，「範圍大概是整個背部。」

「哦……」連城擺出一副若有所思的樣子，心想說不定那傢伙是個開業的按摩師？或者正打算成為按摩師，遇上現成的一塊肉，忍不住就拿來練習呢！

「你是不是想說我大驚小怪？」

「沒有，我發誓我沒有。」他想的事更蠢，絕對不能坦白招供。

「不是只有這件事讓人生氣，大概還因為你的體質。你對第一次接觸的藥物反應很激烈，接著又落水受寒，還不……不穿衣服，導致演變成重感冒。」張雁鳴的雙手不知不覺又握成拳頭，他強迫自己鬆開手指，胸口的緊綳不安卻沒那麼容易驅除。

「你知道我這幾天有多煎熬嗎？你發燒陷入昏睡，睡著時不安穩，醒來也行徑詭異，滿口胡言亂語。仲棋說你的情況不算嚴重，休息幾天就沒事，我差點就不相信他，打算送你去其他醫院看診。」

「江仲棋醫師？你找了他過來？」

張雁鳴點點頭，「他一看就知道是怎麼回事，還取笑我，這全都是你害的！」

說著張雁鳴便斜眼瞅向連城，看起來反而沒先前那麼氣。

連城大著膽子往坐在沙發另一頭的張雁鳴挪過去，肩膀和大腿都貼靠著他。

「你答應過我，絕不參加三哥的夜晚活動。」張雁鳴沒有閃避，語氣裡的疼惜已多過怒氣。

「我參加的是在下午舉辦的粉絲見面會，結束後三哥邀我去看他的收藏，所以才會去到他家，後來……後來的事你都知道了。我很抱歉違背了承諾，但我絕對不是故意的。」

連城已經康復得差不多了，只是睡醒後尚未進食，體力也沒完全恢復，再加上短時間內情緒起伏，講了許多話，實在超出他的體力負荷。他感覺自己腦袋微微發暈，很需要躺一躺。

他也不問，直接枕著總裁的大腿躺下，張手環住對方的腰。

總裁長時間保持著運動的習慣，小腹沒有尷尬的圓凸，但也沒努力到練出腹肌，肚子軟軟的，臉貼上去很舒服。

張雁鳴覺得自己應該把這個無賴從腿上趕開。他伸出了手，卻是放落在連城的頭頂，指尖探進髮中，往腦後輕輕梳過。連城的髮絲柔順，從他的指縫間溜走，又回到原位。

「我也很抱歉，在你面前掉頭離開……大概是這個緣故，你燒昏頭時才一直嚷著要我別走。」

連城發出一聲尷尬的哀鳴。之前他受藥物影響，腦袋不清楚，如今稍微一想就能明白張雁鳴當時爲何非走不可，更發現自己的胡思亂想有多蠢。

「別道歉，我知道你的難處。一旁有那麼多好事群眾，萬歷總裁如果衝進來，急急忙忙把一名裸男扛走，必定會引發一波糟糕至極的流言。」而如果萬歷總裁扛不動那名裸男，那又更糗了，但這話連城就不敢說了。

「我其實沒有離開派對現場。交代佐久間帶你回家後，我留下來找你的手機，以及找三哥索要監視器影片。我需要知道發生了什麼事，否則沒辦法面對你。」

「幸好我不是淫亂，而是呆傻。」連城轉身躺正，朝著張雁鳴笑。

張雁鳴又嘆氣，「可以兩樣都不是嗎？」

總裁今天總是嘆氣。

「還生氣嗎？」連城小心翼翼問。

「……有一點。」

連城又把臉埋進總裁軟軟的肚子，「留下來生氣好不好？我陪你慢慢生氣，你想到什麼就罵，還可以踹我兩腳，這樣氣消得比較快。」

又來滿嘴胡說八道。罵他踹他？張雁鳴只能做到不要立刻在連城面前露出笑容。

「儘管你的提議非常誘人，不過晚點萬銀有場重要的會議，我會在那裡氣完了再過來。」

Chapter 30

連城又在家裡當了兩天廢人，整日不是吃就是睡，等到休息完全後，他才得到夥伴們的許可，回歸日常工作。

一踏出家門，連城便驚喜地發現公寓電梯在故障數月後總算修好，裡裡外外都煥然一新。

告別每天上下十層樓梯的日子，連城帶著感恩的心情搭電梯下樓，走過兩個路口，到喜愛的咖啡廳外帶一份磚壓三明治和一杯冰拿鐵。

早餐剛拿到手，手機便嗡嗡震動，一看是張鳳翔來電。

電話接通，張鳳翔活力十足地問候連城，接著像對待老友般聊起自己最新的創作靈感，然後又一次詢問連城的健康狀況。

連城猜測這是通道歉電話，畢竟張鳳翔曾在他的酒裡偷偷加料，是該說一句對不起。張鳳翔這般拐彎抹角不直說，多半是面子作祟。

他決定幫忙對方，主動說道：「其實，那晚的事是一場意外，過去就過去了，我人也沒事，請三哥不必放在心上。」

連城的寬容大度惹來張鳳翔一陣激動。

「就、就是說啊！雁鳴還凶我，超凶！你明明沒事，也不是個需要照顧的小孩子，像他那樣嚴肅，又愛操心，身邊的人就會壓力超大，就會需要放鬆啊！你知道他凶我什麼嗎？」接下來便是張鳳翔一長串哭訴，痛斥張雁鳴有多凶有多壞。

連城耐心聽著，不時出言安撫，哄得張鳳翔心情好轉，話題跟著改變，說起規劃中的萬聖節派對，又要連城一定得參加。

張鳳翔或許學不到教訓，連城可絕不會重蹈覆轍，立即鄭重拒絕了。

「眞是可惜。」張鳳翔表示遺憾，「不過沒關係，以後多的是機會，到了聖誕節派對再通知你喔！」

老天啊！掛上這通電話後，連城決定今年下半年……不，未來一輩子他都要躲得遠遠的，絕不輕易踏進張鳳翔的房產半步。

他一面在心裡嘆氣，一面低頭滑手機，踏出店外往三隻羊的方向走，差點沒發現正朝他揮著手走來的張蝶語。

張蝶語今天的打扮很符合其律師身分，深色套裝，皮革公事包，長髮緊緊束成馬尾，妝容精緻又有氣勢，絲毫不受炎夏影響，好像陽光和熱度都怕了她，不敢靠近。

大小姐腿長，步伐大，幾步走到連城身畔，和他並肩同行。

「不錯嘛，還活蹦亂跳的，你的『重大感冒』和『重大冒險』都沒事了？」張蝶語笑嘻嘻問，顯然已經聽說發生在連城身上的事。

「托大小姐的福，總算是沒死。」

「三哥胡搞瞎搞那麼多年，這次差點被你害慘。你實在幹得太好了！」她重重推了連城的肩頭一把。

連城趕緊用雙手穩住險些被打翻的冰拿鐵，「怎麼不是我差點被害慘？」

「四哥眞的好生三哥的氣喲！」張蝶語開心地說，「三哥這回總該學到教訓，以後不要再搞那些危險又沒品的淫亂聚會。」

連城想起剛才的電話內容，搖搖頭，「我可沒有妳那麼樂觀。」

張蝶語睇眼瞅了他片刻，最後決定自己不想知道太多。

「對了，我爸媽後來怎樣？四哥搞定沒有？」

連城聳聳肩，表示不清楚。

最近他忙著對付他的「重大感冒」與「重大冒險」，根本都忘了還有這檔事，他猜總裁也是一樣。

「我爸年底過生日，你來不來？」

連城繼續聳肩，「不知道，我們還沒談到這個，也不確定妳爸媽歡不歡迎。」

「我爸媽很堅持要文雅出席，所以我希望你也能在場。」

「妳確定我在場有幫助嗎？和小畫家比比看誰更不受妳爸媽歡迎？」

張蝶語微微蹙眉，答不出來。她只想到多個熟人在，男友會比較心安，倒沒從父母的角度考慮過。

沒多久，兩人走到三隻羊門口，張蝶語也跟在連城身後進門。

餐廳裡的員工都在爲了即將開門營業而忙得不可開交，張蝶語才不管那些，撇下連城，逕自便往廚房去，嘴裡還嚷著：「楊森霖！說好要讓我見識一下的厲害新菜在哪裡？」

張大小姐的嘴巴很刁，楊大廚視爲一種挑戰，每次有自信之作，就會找她來品嘗，兩人鬥嘴吵鬧一番。

連城見怪不怪，更不想參與，直接進了辦公室。

莊孝謙已經坐在辦公桌邊，手拿一只大牛皮紙袋發愣，看見連城出現，臉上登時換上笑容。

「歡迎回來！感覺怎麼樣？」

「好到不能更好。」

連城把咖啡擱在桌上，莊孝謙手裡的紙袋看起來很可疑，多半跟三隻羊有關。他看看友人，又看看手中的三明治，他把三明治塞進嘴裡，決定先吃飽再發問。

莊孝謙倒是不等他問就開口了，「剛剛有個……不動產管理公司的人過來，給了一份餐廳的店租新約。」

連城吃了一驚，火氣衝上來，差點被食物噎住。

他猛灌一口冰咖啡，好不容易嚥下嘴裡的三明治，「租、租約明年春天才到期，房東不能那麼做！」

連城不是個容易動怒的人，只是房東過去早有許多越線行徑，導致他一下子就被點燃怒火。

莊孝謙反倒看不出半點不開心，繼續頂著有些古怪的神情說話，「這棟公寓大樓易主了。新屋主願意繼續租給我們，還說可以沿用舊約，也可以下個月就改成新約，全看我們的選擇。」

連城更吃驚了。

那個眼裡只有錢的貪婪房東賣掉大樓？新屋主是誰？人怎麼那麼好，還讓他們沿用舊約？那新租約的內容是什麼？一簽幾年？談判的空間有多少？租金的價格如何？就算新約不比舊約好，他們也可以選擇沿用舊約，這絕對是天大的好消息！

連城推開咖啡，接過紙袋，急急掏出裡面的白色塑膠文件夾，有張名片嵌在封面，好像是某間名字是萬字開頭的管理公司。

管理公司叫什麼名字並不重要，重點是合約內容。

連城打開合約，先看租金那欄。

「喔！」連城眼睛亮了，火氣消了，驚訝還在。

新約載明的租金低於這一帶的平均店租，由於舊房東年年漲租，他們之前支付的金額高出平均甚多，這一增一減，省下來的數目不小。

可是，哪裡來的房東這麼菩薩心腸？連城想到名片上的萬字，心念一動，去看出租人欄位，果然是他那個錢太多的男朋友。

難怪莊孝謙是那種反應。

連城抬起眼，和莊孝謙交換了目光。這件事所帶來的衝擊力道太過強勁，或者說太過超脫現實，兩個人的表情都是怪裡怪氣。

莊孝謙努努下巴，要連城再往下翻，「對方給我們一週的合約審閱期，說會再聯絡。你的公寓租約也在資料夾裡。」

連城翻開第二份文件，內容乍看大同小異，就是有個地方怪怪的。

「爲什麼租金欄位一片空白？」

「據說是叫你自己填個喜歡的數字。」莊孝謙終於露出微笑，說完起身走到辦公室門口，往外張望，「那是張律師的聲音嗎？正好，我去請她過來。」

一會兒之後，張蝶語獨自晃進辦公室。

「孝謙說有合約要我幫忙看？」

張大小姐看上去心情好轉不少，只是旁人很難得知那是因爲她的口腹之欲獲得滿足，還是她用劣評擊倒了楊大廚，所以心情好。

反正連城也不在乎。

「對，看看妳四哥幹了什麼事。」

張蝶語接過合約翻閱，看見關鍵的字眼，眉毛都沒動一下，「喔，就置產啊！四哥名下的不動產算少了，也是時候多買一點。」

看到租金數字，她點點頭，「你們不是爲了明年房東要漲店租，苦惱著要搬遷到哪裡去嗎？現在不必麻煩了，好事一樁不是嗎？」她一路翻下去，嘴巴也說個不停，「四哥還收租，沒有免費把房子借你們用，這份自制力眞是不簡單。當然，身爲三隻羊的法律顧問，就算對方是親兄弟，我也不會客氣，一定認眞幫你們殺價！」

「不、不需要！」連城急忙阻止，「這個金額再殺下去，我的良心會痛。」

「你痛你的，我不會啊！哎，廢話少說，我們馬上找四哥談。」

張蝶語拉著連城坐下，從公事包取出筆電，打開放在桌上。

張蝶語提出視訊通話的要求很快得到了回應，從畫面上看來，張雁鳴所處的地點應該是辦公室，鏡頭只照到他的腰部以上，他坐在一張黑色皮椅上，背景則是一部分的玻璃窗。

連城對男朋友工作的場所充滿好奇，可惜看不見更多。

張雁鳴似乎是從忙碌中撥空給妹妹，隔了好幾秒才抬起視線說話，「妳又有什麼——」

忽然發現連城也在，張雁鳴一怔，眉頭依然揪著，眼神卻驀地變得柔和。

「你在家？還是餐廳？身體完全康復了嗎？」總裁的目光在連城臉上仔細梭巡。

連城對著鏡頭微笑，「我很好，已經完全康復，人在餐廳的辦公室……你呢？很忙嗎？我們是不是打擾到你？」

「不，不忙。」張雁鳴把桌上的什麼東西推開，椅子也稍微拉近了些，專心對著鏡頭。

兩人隔著螢幕講廢話，一旁的張蝶語看不下去，她湊到鏡頭中央，把連城擠到邊邊，揚了揚手裡的合約。

「我們剛收到兩份新租約。」

張雁鳴斂起笑容，嚴肅回道：「連城的前房東既苛薄又貪婪，收取過高的租金，還不盡修繕責任。根據我派去查驗的人回報，整棟大樓的管線電路都該換新，外牆防水工程也該補，被疏忽掉的維護項目林林總總列出來就有四、五條。」

講起這一段，當時讀報告的不悅又湧上來，讓張雁鳴很不愉快。

「我不喜歡爬樓梯，前幾天爬得夠多了。我也不喜歡我關心的人住得不安全、不舒服，不喜歡連城為了餐廳的搬遷忙碌煩惱，壓縮到我們的相處時間。這些不喜歡，我有能力改善，於是付諸實行，買下來的大樓是個人資產，與萬歷無關，我看不出來有什麼問題。」

問題在於，還沒有人表示異議，你便搶著解釋這一大串，莫不是心虛？

張蝶語忍著沒把上面這段話說出口，只輕咳一聲，下巴微抬，翹起了一條腿。雖然只是在餐廳裡的一小片辦公室，大律師的派頭還是要擺出來。

「你有權購物、置產，做任何你想做的事，我完全同意。這兩份合約也不算太糟糕，勉強過得去。」

勉強過得去？

連城翻了個大大的白眼，明顯到總裁都分心看了他兩眼。

張蝶語完全不理睬連城，逕自又說：「不過，你應該要事先知會連城。這一點與生意無關，而是兩個人交往中的尊重與體貼。身為感情方面的前輩，我可以免費提供幾個忠告，讓你少走冤枉路。」

接著她便說起關於戀愛的眉角，多半來自她和小畫家的相處經驗。

連城悄悄把座椅往後滑，在侃侃而談的大律師背後亂打手勢，製造笑點。張雁鳴起先還能控制自己的表情，後來不得不抬手擋住嘴巴，遮掩笑容。

張蝶語猛然回頭，狠瞪連城一眼，連城也往後看，假裝無辜。

「總之，念在你是初犯，這回罰得輕一點，連城的住處月租就決定是兩百元，同意嗎？」張蝶語說得鏗鏘有力。

「同意。」總裁爽快答允。

什、什麼兩百元？

連城急忙把椅子拖回原位。

「慢著、慢著！」他閉了閉眼，事情的發展讓他感到輕微頭暈，「也就是說，往後我邀你來我的住處，其實你只是回到你的房子？」

張雁鳴目光飄開了，「……我還是會很高興。」

他話聲極輕，差點沒能被麥克風接收。

「哎喲，進展好快，已經住進男朋友的房子了！」張蝶語笑著用手肘推了推連城。

連城交疊雙臂，抬頭望著天花板，努力在腦中處理所有接收到的資訊，並釐清心裡的感受。

螢幕兩邊同時安靜下來，一股奇異的氣氛瀰漫在空氣中，張雁鳴和張蝶語四隻眼睛都盯著連城看，等著他會有什麼反應，差別只在於張雁鳴是出於緊張，張蝶語則是好奇。

然後連城發現自己不怎麼在乎總裁如何用錢。

「晚點我會正式和夥伴們討論，不過我不認爲他們會反對這份租約。」連城微微一笑，短暫垂下視線，又抬起來，「謝謝總裁的幫忙，我們都很感激。」

他和楊大廚倒還無所謂，但是莊孝謙肩上的經濟壓力重，能大幅減少店租，絕對對他大有裨益。

「還叫四哥總裁是怎麼回事？」張蝶語難以置信地瞪著連城，「該改稱呼了吧？」

「妳說得對。」連城在鏡頭前正襟危坐，假裝恭敬地叫了聲，「房東先生。」

在總裁歡快的笑聲中，張蝶語抄起合約書，往連城的後腦搧了下去。

Chapter 31

張雁鳴看著手機剛收到的訊息，附帶一張連城在畫廊門口的自拍照。

連城在鏡頭前豎起大拇指，笑容帶了點淘氣，他的背後有小畫家的一部分後腦杓。

可憐的畫廊員工，奧客又上門找麻煩了。

張鳳翔的派對意外是上個月的事，張雁鳴卻感覺像是過了更久，他和連城的交往大致上已返回日常正軌，除了連城開始會三不五時主動傳送帶有報備意味的訊息或照片過來，就像他剛剛收到的那張照片。

張雁鳴並沒有敏感到需要男朋友這麼做，他鄭重告訴過連城這一點，不過連城似乎樂此不疲，後來再傳來訊息或照片，性質也從報備逐漸轉爲分享，他便隨連城高興了。

老實說，有時他待在辦公大樓一整天，忽然收到連城的生活點滴，看著螢幕裡的那張笑臉，眞的對心情有明顯的影響。

張雁鳴放下手機，唇邊漾著自己也沒注意到的淺淺微笑。

今天傍晚他和連城有個約會，要去棒球場看比賽。張雁鳴對運動賽事向來不太關心，但是他不介意花上兩三個鐘頭觀看「看球賽的連城」。

在那之前，連城有其他行程，他要代替抽不開身的張蝶語，開車載小畫家和小畫家的新作品去畫廊，順便一起吃頓午餐。

按照計畫，連城打算在午餐時盡可能為小畫家打氣，為對方做點見女友家長的心理準備。

據張蝶語說，小畫家雖然答應一起出席張延齡的生日聚餐，心裡還是很猶豫害怕，因此希望連城幫忙，別讓小畫家臨陣脫逃。

身為兄長，張雁鳴誠心希望妹妹和心愛的男友幸福美滿，順利獲得父母的認同，但是妹妹現階段的努力方針，他實在並不贊同。

話說回來，他這個妹妹也從來不聽別人主動給的意見。

有人敲了敲辦公室的門，進來的是安東尼。

「報告總裁，您今天下午和晚上的行程已經全數更改至下週同一時間。一直到明天中午，您都可以自由安排您的……私事。」說著，安東尼雙手呈上一頂白底金邊棒球帽。

張雁鳴高高興興接過帽子，拿在手裡翻來覆去細看，「我要約會，你可以直說。」

安特助咧嘴一笑，「我還是很難想像您的約會行程是觀賞棒球賽。」

「我可能不會喜歡，但是上次的現代舞，連城撐了半小時才睡著，他盡力了，我也該盡力。」

張雁鳴把帽子放到桌上，萬歷金控旗下的職棒球隊名爲獨角獸，印在帽子上的金色「U」字正好朝向他。他是萬歷的老闆，去看一場自家球隊的比賽，再合理不過。

「既然您的感情生活順遂如意，這份文份是否可以處理掉了呢？」安東尼拿出一份裝訂得漂亮整齊的文件，恭恭敬敬擺正到老闆面前。

張雁鳴瞥了文件封面一眼。

「喔。」

那是連城的背景調查報告。早在連城還假冒是張蝶語的男友時，張老夫人便偷偷找了安東尼調查他。

張雁鳴早就忘了這份文件的存在，也從來不想看。至少在安東尼把報告書直接遞到自己眼皮底下之前，他是不想看的。

「您想要交由我來處理嗎？」安東尼又問。

張雁鳴瞪了安東尼一眼，他可沒忘記上次這位特助是怎樣「處理」有關連城的訊息。

「留著吧！」他揮了揮手，讓安東尼退出辦公室。

下屬離開後，張雁鳴仍然注視著報告書，指頭無意識敲著桌面。

看或不看呢？

他一點也不想做決定，他希望安東尼根本不要提醒他，整份文件直接拿去碎掉或是燒毀。

連城的背景，包括家世、事業與財務狀況，甚至他親人的事業與財務狀況，都在張家小年夜的餐桌上交代得一清二楚。他唯一沒有吐實、後來也不曾談過的，是他的感情經歷，而報告書裡一定有。

張雁鳴承認自己好奇。連城交往過多少對象？都是些什麼樣的人？為什麼分手？他的確想要知道。

可他並不想用侵犯連城隱私的方式知道。

✦

傍晚，連城和張雁鳴去到棒球場約會。

連城穿了牛仔褲和運動鞋，還有一件棒球球衣，胸口印著白色獨角獸側影和金色球隊名稱，是他平常少有的打扮。

他對萬歷的這支球隊本來只是普通喜歡，但是他正和球隊老闆談戀愛，愛屋及烏，他對球隊的熱愛及忠誠度漸漸升高，即使球隊老闆本人根本不在狀況內。

他們特意挑選了外野看台的座位，窩在冷清的角落，吹著涼夏夜風，遠離攝影鏡頭和其他觀眾的耳目。

張雁鳴把外套和領帶留在車裡，戴著安東尼弄來的棒球帽遮住頭臉，襯衫衣袖捲至肘上，露出半截白皙手臂，忙著挑選要吃的食物和飲料。

連城買了很多小吃，起初在美食區買，後來也向來回行走在觀眾席裡兜售的小販們買，他和張雁鳴的手裡、腿上、腳邊以及隔壁空位，都擺滿了各式餐點零食。

太陽大概在半小時前沉入地平線，球場四周亮著大燈，場裡場外，所有人的汗水、笑容以及興奮的神采，都在燈下閃爍生輝。

連城和張雁鳴邊吃邊聊，不必斟酌內容，無須輕聲低語，因爲大家的注意力只放在比賽上，根本沒人在乎他們。

隨著賽事進行，張雁鳴也越來越自在，不再像剛開局時那麼容易被鼓譟歡呼的球迷們驚嚇到。

他啜飲著汽水，內心一片平靜，開始把觀眾的熱烈反應當成看球的樂趣之一，尤其當他的男朋友也陷入激動的時候。連城會抱怨對手球員、自家教練，甚至對裁判也有意見，那種不理性看在總裁眼裡十分有趣。

中場休息時，張雁鳴問起連城今天與小畫家會面的情況。

連城之前忙歡呼加油，現在忙著吃喝，和男友的聊天更不能中斷，一張嘴巴忽然不太夠用。

他配著汽水，嚥下一大口漢堡，過了一會兒說：「小畫家希望聽我談談，這幾個月來我和你們家打交道的心得。」

連城和小畫家約好在藝廊附近的幽靜小店吃午餐，那裡隱私性高，甜點好吃，一向深受小畫家的喜愛。

可是小畫家似乎缺乏胃口，根本沒吃什麼正餐，飲料倒喝了好幾杯。他很專心聽連城說話，表情惴惴不安，偶爾才對連城提及的內容流露出一絲興味。

連城看得出小畫家想要和張蝶語共築未來，又怕極了充滿張氏宗親的那個未來。於是他盡力把自己的經驗講得生動有趣。萬歷張家當然不是一般普通家庭，但是在豪門的世界裡並不算洪水猛獸，也有親切友善的時刻。連城將那些時刻優先挑揀出來，希望補強小畫家缺乏的信心。

「對有社交恐懼的人來說，一下子越級挑戰你們家，難度的確不小。」連城向總裁笑道：「你看我人這麼好，小畫家還是花了九十七天才敢主動跟我說話。」

總裁揚起了眉，「我不知道該驚訝數字本身，還是該驚訝你竟然記得這麼清楚。」

「因爲我和楊大廚打過賭，那是一場美好的勝利。」連城快速回味了一下合夥人當時挫敗的神情，臉上笑容更深。「總之，我告訴小畫家，他已經被你請吃過蛋糕，擁有你的喜愛與支持，進度可說超乎預期，算是成功了一半以上。」

「他擁有我的喜愛與支持？」

「或許我稍微……修飾了一下用詞。」連城又補充道，「而且，這麼說很有效果，看小畫家的神色變化就知道。」

張雁鳴無奈地搖搖頭。他的確支持妹妹的戀情，也不討厭小畫家，但要說到喜歡他？那還太早了。

「我認爲你做得夠多了。小蝶他們兩個是成年人，交往已久，應該要有能力共同解決這一類的課題。」

「如果我有辦法拒絕你妹，我們現在就不會……就不是……」連城做了個模糊的手勢，意指他們之間就不會發展成情侶關係。

總裁不以爲然，「我們本來也可以在小蝶的婚禮上認識。」

連城忽然笑了起來，笑得差點弄翻飲料。

總裁有些不快地瞪他，他才含笑解釋。

「我不知道你是怎麼想的，但是少掉了小蝶男友的那層僞裝，我可不敢隨便親近萬歷的大總裁，更別提追求了。」

或許那是事實，但是萬歷的大總裁並不願意承認。

張雁鳴想起留在車裡的公事包，裡面收著他還沒決定該要如何處置的報告書；他還想起妹妹在母親節聚餐當日隨口提過的一句話，說他不是連城的菜。當時他心裡的事多，不及細想，過得幾日，便都忘了，直到此刻才回憶起來，眞不知道是什麼奇怪的時機。

你的菜是什麼樣子？

張雁鳴很想這麼問，又怕看見連城爲難的表情。

他的困擾大概洩漏了一部分在臉上，連城揚起眉，朝他投去疑問的目光。他搖搖頭，勉強一笑，把注意力又轉回到球場上。

看完球賽，連城帶著男朋友回到租屋處。

男朋友一進門就搖身一變成了房東先生，態度和前次造訪時截然不同，從廚房爐具、衛浴設備到窗戶、空調，一樣樣查看，每一樣都說要更換品質更好的品項，並且全數由房東提供。

「這是月租兩百元的公寓，用不起太好的東西啦！」連城笑著把人往客廳推，「你去沙發坐好，現在不要當房東。」

張雁鳴依言在沙發坐下。歷經三個多小時的塑膠椅折磨，他的腰背屁股的確需要更細緻柔軟的呵護，而連城正好擁有一套無須升級更換的舒適沙發。

他閉上雙眼，吁出一口長氣，腦袋微微後仰，枕著沙發上緣，等待連城在廚房忙完，來他身旁陪伴。

他等到的卻是鈴聲，來自連城的手機。

鈴聲響第一遍時，連城沒有理會，鈴聲斷了片刻，又響第二次。

張雁鳴睜開眼，終於轉頭去看。連城正從廚房出來，在茶几放下酒杯和冰塊，對他抱歉一笑。

原本連城打算拒接，順勢把手機切換成靜音模式，繼續他美好的約會，螢幕上顯示的來電者姓名卻讓他不得不改變計畫。

他朝總裁做了個鬼臉，「是你妹。」

接起電話，連城才喂了一聲，就迎來一陣劈哩啪啦的急切詢問，完全不像平日冷靜從容的張大律師。

連城好不容易才找到空檔插話，「小畫家？」他看了看手錶，「幾個鐘頭前就送他回去了。對，他在社區門口下車。」然後他翻了個只有總裁能看見的白眼，「不，我不知道他現在人在哪裡……我沒有親眼看見他上樓，幼稚園的娃娃車也是送到門口而已，家長擔心的話應該自己來接。」

連城猛地皺起臉，快速將手機拿離耳朵，顯然遭遇到音量巨大的反擊。

「小畫家傳訊息說他需要一個人靜下來想一想？那妳就讓他靜一靜啊……我們的交談內容？就……很普通，沒什麼重要的……」連城仰頭望著天花板，彷彿那裡藏著他需要的耐性，「冷靜點，他沒有失蹤。這個時間，高中生都不見得會回家，妳聽起來就像一個老媽——」

連城話還沒說完就被打斷，張蝶語激動高亢的話音飆出了手機，坐在一旁的總裁幾乎都能聽見她在說些什麼。一直到通話被張蝶語切斷，連城都不再有開口的機會。

連城收起手機，耳朵嗡嗡鳴響。他癟了癟嘴，向皺眉望著他的總裁解釋。

「小畫家傳訊息說他需要一個人想想，還沒有回到家。我個人不認為這是壞事，但是你妹……」他做了個比喻爆炸的誇張手勢。

總裁從沙發起身，稍微拉整了一下衣服，「你是不是打算去找小蝶？我也一起去。」

「不要，千萬不要！」連城舉起手阻止他，「等小畫家回到家，發現驚動了你，就算他沒當場嚇死，也會馬上逃往南極，永遠不回來。」

張雁鳴一頓，嘆了口氣，「也對。」

「呃，你要是不喜歡一個人待在這裡……」

「不，沒關係，我等你。」

連城笑了笑，便去拿鑰匙和穿鞋。

張雁鳴待在沙發上，正要找事情做，聽見背後有腳步聲，以爲連城要往門口走，沒想到他出現在自己身旁。

連城取來原本收在房裡的筆電，放在沙發前方的咖啡桌上，「記得我答應過你的事嗎？」

接著他啓動筆電，鍵入密碼，連進雲端硬碟，點開其中一個資料夾，裡面層層分區，先按年份順序排列，然後是主題，存放的都是照片檔案。

「進入數位時代以後的照片全部都在裡面，還有一小部分是透過掃描保存的舊照片。」

總裁有點驚訝，連城竟然沒有忘記，數月前他曾隨口答應過，要讓自己看他過往的照片。

「你要讓我隨意瀏覽?不怕我找到你的女裝照?」

連城笑了起來，「現在不怕了。如果覺得只看照片不過癮，我還可以親自穿給你看。」

張雁鳴的臉頰微微泛紅，「我只是好奇，別把人說得像有怪癖似的。」

「不是怪癖，是情趣。」連城笑著傾過身，戀戀不捨地在總裁的嘴角親了一口又一口，「一確定他們沒事，我馬上回來。」

Chapter 32

連城很快抵達張蝶語的住處。他按下電鈴，沒幾秒大門就被拉開，露出一張因爲看見是他而滿臉失望的面容。

「我很好，剛才在電話裡說得太過火了，你不必特地過來當保母。」張蝶語悶悶說著。

「哈哈，妳開門開這麼快，難道以爲我是小畫家？他有鑰——」連城剛踏進玄關，身後的門又再次被人打開，撞得他往前跌出數步。

他猛然回頭，見到門後驚訝的小畫家。

嗯，小畫家的確是有鑰匙，就拿在手上。

「連、連大哥？你怎麼在這裡？」

眞是一個好問題。

✦

連城保存了大量的照片，張雁鳴一開始只覺得眼花撩亂，不知該從何處看起。

後來他決定跳過近幾年的資料夾，一直往前回溯至三隻羊還不存在的時期。他看到了大學生連城，除了髮型不同，皮膚白一點，身形瘦一點，此外並無太大變化。楊大廚也是一眼就能在照片中辨出，倒是莊孝謙難認，早婚又早生貴子，還不只生一個，生活的歷練顯然對莊孝謙的形貌氣質有極大的影響。

連城的大學生活照片多是三五成群的團體照，張雁鳴總能瞬間從人群中找到連城，情人眼裡出西施，他覺得男友比所有人都帥氣醒目。

張雁鳴興味盎然地瀏覽相簿，終於看到了傳說中的女裝照。從照片裡的背景看來，應該是學校舉辦的活動，連續幾十張照片都是奇裝異服的大學生，男女皆有，連城臉上濃妝豔抹，穿著綴滿亮片的長禮服，戴著捲捲長假髮，除了身材太大隻，其實還不難看。

張雁鳴微微一笑，目光在這些扮裝照片逗留了好一會兒才往下看。

大學迎新之後出現的是高中時代的連城，不愧是向來注重打扮的時髦少年，每張照片裡的他，髮型和服裝都精心打理過，卻因爲太趕當季的流行，以今日的眼光看，反變得尷尬有趣。倒是連城穿高中制服的模樣別有一番清新風味，相當耐看。

回溯至連城的中學時期，數位相機大概尚未普及，照片量劇減。看到那批實體照片的掃描檔案時，張雁鳴呆了一呆，隨即認出照片中連城早逝的父親。

原來是珍貴的紀錄，難怪特意做了數位備份。

張雁鳴帶著些許敬畏慢慢翻看。合照裡，連城最大時也不過張曉峰現在的年紀，那時的連城父親長得跟今日的連城簡直是一個模子刻出來的，只是氣質更溫雅、更穩重一些。

光是看著這些定格在時光裡的影像，張雁鳴就對連城的父親有強烈的好感，可惜他們永遠不會相識。

他在年代最久遠的資料夾裡流連最久，幾乎忘了原本的其中一個目的——找尋那些連城說不定沒有清理乾淨的舊情人照片。

最後他退出雲端硬碟，揉揉發痠的眼睛，身體往後靠著沙發，偏頭看了一眼擱在門邊的公事包，連城的背景調查報告就靜靜躺在裡頭。

✦

連城輕手輕腳潛進自己的公寓，不發出半點聲音地關上大門。

客廳很靜，總裁坐在沙發上閉著眼，筆電還在原位，上蓋闔起，跟總裁一樣處於休眠狀態。

連城走近沙發時，視線不經意掃過牆角的碎紙機，本來空空如也的集紙桶隱約能看見碎過的紙屑團。大概是總裁借用了，他習慣把握空檔處理公事，不限地點，在哪裡都很少完全放鬆，並不奇怪。

連城才坐下，總裁立刻有了反應，眼皮掀動，半睜開眼。

「辛苦了，」他又闔起沉重的眼皮，手掌在連城的膝蓋摩娑了幾下，「是好消息嗎？」

連城長嘆一聲，倦意都隨著這一口氣湧上來。

「小畫家幾乎和我同時進門。眞可惜，如果我再晚幾分鐘，就可以在電梯或是大樓外面遇見他，你妹就不能阻止我掐死那個亂跑的小混蛋！」

總裁發出了疑似笑聲的氣音，「抱歉，我沒辦法判斷你的回答算不算好消息。」

「是好消息。小畫家亂跑時，重溫了所有他和你妹的美好回憶，補充的感情能源總算超過你家給予的壓力。目前他勇氣滿滿，要爲愛而戰，暫時不會再逃了。」

「暫時？你說得好像類似的危機還會發生。」

「可能性不小，」連城伸手撥開總裁額前的劉海，以便欣賞男友完美的五官輪廓，「如果他們的目標是結婚生子，現在見個父母只是小意思而已，往後還有更多關卡。」

輪到張雁鳴嘆氣了。

連城傾身過去，嘴唇貼上總裁難得裸露出來的優雅頸線，那是一小片敏感的區域，讓總裁的嘆息轉成了略爲含糊的喉音，連城可以感覺到嘴唇下方的起伏與震動。

「以後的事，就讓他們以後再煩惱吧！」連城的嘴唇緩緩往上移動，來到戀人的耳邊，「小畫家會和小蝶一塊參加年底你爸的生日聚餐，場面一定非常有趣，眞希望我也能躬逢其盛。」

他故意說反話。

「小心你許下的願望，說不定會成眞。」

「哎，好怕。」

張雁鳴聽見連城輕笑，氣息拂過他的耳垂，搔得他有點癢。他微微避開，朝連城的方向側過腦袋，眼皮抬起，兩隻墨色深沉的眸子直勾著連城。

連城不知道自己還能做什麼，除了吻遍那張精緻臉蛋的每一寸表面。從前額、眼皮，再到鼻梁、嘴角，最後停留在微張的唇上，慢條斯理地伸舌探索，用齒輕咬。

張雁鳴感覺到難以言喻的溫暖，剩下不多的力氣都在緩慢流失。他們吻得甜蜜，雙手規規矩矩放在沙發上，沒有進行後續動作的意思。

稍稍分開後，張雁鳴挪動了一下位置，額頭靠著連城的肩膀，再次閉起了眼，「我很慶幸你從來不害怕我的家人、我的背景……所有的一切……」

「哦，我有我的恐懼，到時候還要請總裁大人多多擔待。」連城半開玩笑說。

總裁揚起一抹笑，「沒有什麼是我不能應付的。」

連城考慮了一下要不要告訴總裁，說他展現自信時有多麼迷人，又覺得總裁早已聽膩，不缺這一句馬屁。

「累了？」他改問。

「有一點。」

「早點睡覺？」

「……說故事給我聽。」

詫異可不足以形容連城乍聽見這個要求時的心情。

總裁要他講睡前故事？

「關於你以前的菜，交往過的對象，可以說給我聽嗎？」

哦，是那種故事啊！連城微微一笑。

「當然可以，但是不擔保有趣喔！」他也挪了位置，讓張雁鳴可以更舒適地倚靠著他。

「很久很久以前，在我國三那一年──」

連城一路講到最近幾年，那些相處時間短暫到沒能留下太多印象的對象，張雁鳴的呼吸終於變得悠長平穩，在他的懷裡睡著了。

連城彎起眉眼，先在張雁鳴的前額一吻，然後像個稱職的男友，把對方抱進寢室，小心放在床上。

他也跟著爬上床，拉好棉被，從背後擁住張雁鳴，嘴唇貼著戀人的後頸，輕聲說：「等你醒來，我再說布魯爾小館的焗烤蘆筍故事給你聽。」

到時候你就會明白，以前吃什麼菜，現在根本一點都不重要。

✦

連城醒來時，隔壁床位已空。

他轉動視線，最後在穿衣鏡前找到已經起床、梳洗過、還換上了外出服裝的張雁鳴。

哇，簡直就是他們第一次在萬禧飯店過夜後的反轉版本。

「我是不是……睡過頭？」連城抬眼搜尋時鐘，看到鐘面上的數字，又懷疑是不是時鐘壞掉。

「沒有，你繼續睡吧！是我有重要的行程。」張雁鳴從鏡中對他一笑，繼續用令人眼花撩亂的速度打領帶。

「我以爲東尼把你的行程都清空了，至少到中午以前，不是嗎？」

連城用力伸懶腰，扭動身體，故意讓棉被往下滑，露出健壯的胸肌。總裁對裸露感到不好意思，他可不會。他努力調整出一個自認誘人的角度，期盼能把男友勾回床上。

總裁果然注意到了，他將目光短暫停留在連城鍛鍊有成的傲人裸胸上，又很快閃躲開，竟不敢再看第二眼。

好吧，反效果。連城拉回棉被，把自己裹成一條沮喪的捲餅。

「本來沒有行程，但是我媽臨時約我吃早午餐。難得她終於願意和我說話，好機會不能放過。」張雁鳴走到床沿坐下，曲起兩隻手指，用指背輕輕摩娑連城的臉頰，柔聲道：「必須確保往後的家族聚會你都跑不掉。」

連城閉起眼睛，微微一笑，「太好了，那正是我的人生目標，參與所有你家的家庭聚會。」

連城說的俏皮話也逗笑了總裁，張雁鳴俯下身，在手指碰觸過的地方印下一個吻。

張雁鳴離開後，連城毫無心理負擔地繼續睡回籠覺。當他睡得爽快，賴床也賴夠了，時間已經不早。

出門前，他在手機上看見總裁傳來的訊息，發送訊息的時間應該是在總裁與老夫人吃過早午餐之後，總裁問他今年幾歲。

眞是個奇妙的問題。

連城回傳訊息，說自己三十歲，句尾附加一個表示困惑的表情貼。

沒多久，總裁直接來了電話，「我媽要我保證，絕對不會娶個十來歲的小白臉，所以我才詢問你的年齡。」

「什麼意思？」連城傻眼，總裁所言根本沒有起到任何解釋的作用。

「我也不清楚。不過我爸表現得很樂觀，跟我提了許多生日聚餐的菜色構想，也好幾次說到你，我媽都沒有開口反對。」總裁進一步說明道：「代表她正在竭力容忍我們的關係，當年的三哥三嫂，也經歷過類似的進程。」

噢，他和苗芊芊被劃進同組了，連城感到心情複雜。

「所以，你正式獲得了邀請，歡迎參加我爸的生日聚餐。」

「哇，太好了！正是我最期待的好消息！」連城發出半眞半假的驚呼。

總裁笑了起來，心情似乎不錯，連城也跟著笑了兩聲。

其實連城不懂這些人在忙什麼、擔心什麼。見雙方父母、取得認可，在他來說，都不必要。

連城想起自己移居海外多年的母親，母子倆只在聖誕節見面，幾個月視訊通話一次。他從未介紹任何男友認識他的家人，除了他們都不是他認眞的對象以外，也因爲家人的感受與意見影響不了他的任何事。

不過，在萬歷張家長大的小孩，當然跟隨隨便便的庶民連家不同。會不會總裁其實想要見他的母親？認識他的家人？

這個念頭初次闖進連城的腦中，他一時竟說不上來心裡是什麼感受。

Chapter 33

連城把兩天一夜的衣物與個人用品收進旅行袋，換上休閒風格的連帽衫、牛仔褲和登山鞋，準備前往張家老宅，慶祝張延齡的壽辰。

經過穿衣鏡時，他瞥過去一眼，又看見那個照顧動物的叔叔。連城笑了笑，覺得一切都像極了小年夜那天，只不過少了催魂奪命的電鈴聲和氣勢洶洶的張蝶語。

這一天不是假日前後，路上交通順暢，過中午不久，他和總裁便抵達了目的地。

連城是第二次造訪此地，張家大宅的巍峨氣派依舊，四周秋意正濃，紅黃葉片綴滿枝頭，部分散落地面，偶爾風起，落葉翻飛，伴著颯颯聲響，讓人忍不住縮了縮脖子，感受到一股早來的寒意。

座車在大門口剛停下，立刻有人迎上前來開車門、拿行李。連城跟在張雁鳴身後，從頭到尾一根指頭也不必動。

進屋上樓，兩人的行李都被送進同一個房間，從裝潢看，是總裁的寢室。

連城待在門邊，裡外張望了幾次，「我的房間呢？」

張雁鳴伸手繞到他的背後，關上門，偏頭朝他一笑。

連城這才慢半拍地懂了。

「上次我和小蝶分兩間房，現在卻可以跟你睡？」

他是好奇，可不是抱怨。

「因爲小蝶是未婚女子，在我爸的屋簷下，得依我爸的規矩行事。她不滿多年，卻也沒有辦法。」

總裁的行李極少，除了連城經常見到的公事包，只多了個長邊大約三十公分的紙箱，表面貼著疑似便利商店取貨用的標籤。總裁從下車就親自拿在手上，沒讓旁人幫忙拿過。

房門關上後，總裁更馬上把紙箱帶進更衣室，再現身時，兩手空空。

「是啊，我常聽小蝶埋怨你們家的男女差別待遇。」連城望著他，考慮著是否要將心中的好奇化爲言語問出口。

張雁鳴靠在更衣室門邊，雙手插在褲袋裡，彷彿心裡也有事，目光和連城倏忽相觸，又遲疑地落向腳邊，嘴唇動了動，欲言又止。

連城認得這些動作，兩人初次在萬禧飯店共同度過的那一夜，總裁就曾這樣看他。導致後來張雁鳴每次又做出類似的舉動時，連城的思緒就會不由自主朝某個方向奔去。

距離晚餐還有多久？連城嚥了下口水，盤算著時間許可下能做的事有哪些。他想得太過出神，以至於書桌上傳來震動聲時，他抖了好大一下。

張雁鳴抱歉一笑，走到桌邊拿起手機檢視。

「李志承的訊息。」張雁鳴放下手機，改從公事包裡取出平板電腦，「我一直在等這份文件，你介意我處理一下嗎？可能要花點時間。」

失望當然是有，但是連城立刻表示不介意。

兩人相處時，這類事件的發生頻率不低，都快要不能算是突發事件了，連城已經習慣，也從來不讓自己在旁邊無聊等待。等總裁啓動平板電腦，投入至工作當中，他便離開寢室，獨自下樓進行社交冒險。

✦

有別於過年時的喜氣洋洋，今天的張家大宅並沒有多餘的裝飾。據總裁說，張延齡向來注重隱私，不喜歡在自宅招待太多客人，今年過的也不是整數生日，所以不設宴廣邀親友，只是家人團聚吃頓飯、切個蛋糕而已。

連城不確定自己出現在這樣的場合代表了什麼，他盡量不去想。循著小孩的嬉鬧聲，他一路往後院走去。

後院，其實是個嚴重低估的說法。上次還是施工現場的廣大庭院如今已改建完成，占地遼闊，有尺寸功能各異的多座屋舍，有水池、柵欄、石徑……美化用的花草樹石更不必提，宛如一座規劃完善的小型農場。

院子裡飼養的家禽家畜都是孫少爺、孫小姐們的寵物，吃好住好，養尊處優，看起來十分愜意，照顧動物的叔叔團隊顯然不愧對專業。

連城是在兔子們的地盤找到他的目標之一。

小畫家大清早就被張蝶語拉著出發，人現在就坐在柵欄外側的石凳上，被四名小小孩包圍，手裡的畫筆在素描簿上飛舞，畫在笑的兔子、開心的烏龜、唱歌的綿羊等等，滿足小小孩提出的各種奇妙要求。

張蝶語站在男友背後，擔任經紀人兼糾察，讓小客人們乖乖照順序來。連城靠近時，正聽見她說：「怎麼看得出烏龜開不開心？牠們有心情嗎？」

她這番話引來張遠溪一陣哇哇叫。

大人小孩一共六個，只有張蝶語注意到連城的出現。

張蝶語朝連城揮揮手，露齒而笑。她的臉頰被風吹得有些發紅，神情緊張中帶著興奮，和上回與連城同來時很不一樣。

「不錯嘛，生意興隆。」

連城居高臨下，越過小畫家的肩膀，看見素描簿上已經有一座色彩繽紛的動物園。小畫家作畫時向來全心投入，並未發現連城的到來；小小孩們有了畫動物的新叔叔，也沒有多餘的心思分給他。連城忽然覺得寒風更冷了。

「你的建議是滿好的啦，只是……」張蝶語往素描簿一指，「動物哪來那麼多奇怪的表情？」

「哎，遠溪你說，你家姑姑是不是一點想像力也沒有？」連城對著仰頭朝他笑的張遠溪說話，小傢伙用力點頭附和，不愧是與連城交情最深的其中一隻小猴子，連城的心終於暖和了一點。

他往小孩群裡點數，又往四周張望，「少了一隻小猴子。」

「你說曉峰嗎？他自詡小大人，認爲我們的行爲太幼稚，根本沒跟過來。」見連城要往回走，張蝶語忙問：「你走這麼快是要去哪？」

連城揚聲笑道：「小鬼頭們有了更喜歡的未來姑丈，我如果不趁機脫身，豈不是個大笨蛋？」

回到屋裡，連城的首要目標是尋找張曉峰，其次是避免撞見不該遇到的人。

他小心翼翼，每次經過轉角都先探頭查看，再舉步前行。當來到廚房時，他有些鬆懈，在這種張家全員團聚的日子，廚師們使用的是另一處大型廚房，這裡通常不太會有人。

冷不防卻有個聲音在他背後響起，「你在躲我奶奶對不對？」

連城嚇一大跳，轉身看見的正是孫少爺張曉峰。這小子恐怕眞是塊總裁的料，也擅長從背後嚇人。

張曉峰的手臂下挾著一本書，晃進小廚房，「奶奶出門了，你不用怕成那副好笑的樣子。」

「誰說我在躲她？」連城瞥見前方的冷凍櫃，心中有了靈感，「我是想要偷吃冰淇淋。」

「冰淇淋？你又要吃冰淇淋，一天到晚都在吃冰淇淋！」張曉峰說著爬上中島旁的高腳椅，難掩期待地看看連城，又看看冰櫃，「我們不應該在正餐之前吃那種東西。」

「哦，是啊，我可以感受到你的堅決抗拒。」

連城拉開那座巨大的冷凍櫃，裡頭堆著滿坑滿谷不應該在正餐之前吃的「那種東西」。

「喜歡什麼口味？夏威夷果仁、芒果覆盆子？還是要三巨頭的草莓、香草、巧克力？」

「焦糖奶油脆餅。」張曉峰想也不想便答。

連城轉頭橫他一眼，再往深處翻找，還真的有焦糖奶油脆餅口味，而且不只一兩桶。

連城抱出冰淇淋桶，找來兩個玻璃碗，各挖了一大球冰淇淋放進去，並爲兩人各準備一杯冰涼的汽水。要破壞規矩就得徹底，可不能當個半吊子。

看張曉峰連吃好幾口，心情似乎不錯，連城才慢悠悠在他身邊坐下。

「前幾天聽說二嫂懷的是男孩，恭喜你逃過了四個妹妹的命運。」連城刻意讓語氣顯得漫不經心，好像只是談論天氣。

張曉峰抓著湯匙的手停頓了很短的兩秒，「新弟弟如果像遠溪那樣，也不太糟啦！不過我們沒有和遠溪住在一起，大概不太一樣。」

「你現在也和之前在倫敦或是在動物園那時候不太一樣。」連城沒忘記小猴子當時有多麼煩惱。

張曉峰聳聳肩，「我想過了，在這個時代，大人一天到晚都在離婚，我爸他們生不出新兒子，不開心，最後一定也會離婚。聽我的同學們說，離婚超慘的，要處理小孩和很多錢，爸爸還要再找個新老婆，新老婆又要生新小孩，誰受得了啊！」

說著小傢伙翻了個深得他小蝶姑姑眞傳的誇張白眼。

「所以我決定把這想成是一件好事，反正……」張曉峰的臉色忽然轉爲黯然，肩膀也稍微垮了下來，「無論是弟弟或妹妹，我媽怎樣都不會回來了。」

連城實在是忍不住，伸手去摸摸他的頭，張曉峰果然又是一陣氣急敗壞，忙著拍掉連城那隻太侮辱人的手。

連城收回了手，拿起湯匙吃下第一口冰淇淋。

他第一次品嘗焦糖奶油脆餅口味，滋味意外地好。

「新來的弟弟是個幸運的小子。」連城對張曉峰說。

「幸不幸運不重要，但是一定要會打架，像遠溪那樣軟綿綿的就太遜了！」

「遠溪連上小學的年紀都不到，你的評語不公平。」連城笑著問：「再說，會打架要幹麼？跟誰打架？」

「哼，我明年開始練跆拳道，將來要把接近海桐的渣男全部打爆！」

「只有海桐嗎？」連城打趣他，這小子是不是忘記自己一共有三個妹妹？

「雙胞胎很吵，又吃很多，沒有人會要她們。」

連城忍著笑，「大哥眞是可靠。」

「那當然，」張曉峰抬起下巴，給了連城一個「你在說廢話」的眼神，「我是長男，將來要成爲全家人的依靠。我才不會像伯父和我爸他們那樣，把責任都丟給弟弟。」

這個話題太敏感，連城絕不可能碰觸，就算說笑也不敢。

幸好連城不需要煩惱如何迴避話題，張曉峰主動又說下去：「我有聽到他們在討論弟弟的名字，像是土地上的草原啦、石頭啦！眞的是很奇怪，天空不好嗎？有星星太陽，還有整個宇宙，幹麼硬要他待在地上？」

那倒是個不錯的方向。

連城點點頭，「也許，你可以向他們提議？」

還是個小學生的張曉峰老氣橫秋地嘆氣，「唉，你這麼幼稚可能不知道，正常的成熟大人在談事情，才不聽小孩子的意見。」

「是喔？」

「對啦！」

「眞是遺憾，那要不要去找未來姑丈畫畫，享受一點小孩子的樂趣？」

孫少爺對這項提議實在太不屑了，只從鼻孔哼了一聲，連出言反駁的興致也沒有。

連城目光快速掃過張曉峰放在肘邊的書，從標題和封面判斷，那是本青少年讀物，講的是奇幻冒險故事。

「你可能不知道，未來姑丈也畫過奇幻生物，像是……噴火龍之類的。」連城意有所指地說。

張曉峰的眼睛瞬間亮起來，一張嘴卻依舊倔強地癟著。

「不過那是他好幾年前的工作，大概也生疏了，很需要接受一點考驗。」連城又添了一把柴火。

「是嗎？那我去看一眼也好。」

高傲的孫少爺推開空玻璃碗，跳下高腳椅。

走出廚房前，他忽然回頭，「姑姑拋棄你的時候，我覺得有點可惜。」

什麼？連城抗議道：「我沒有被拋棄！」

「幸好小叔叔把你撿起來。」

「我也沒有被撿起來……喂，聽人說話啊！」

連城話都沒說完，張曉峰已經跑得不見人影。

他搖頭笑了笑，吃掉最後一口冰淇淋，略微收拾整理後，也離開了廚房。

Chapter 34

連城回到總裁寢室的時候，張雁鳴的工作似乎已然告一段落，平板電腦靜靜躺在桌上，人佇立在落地窗邊，聽見連城進來，回眸朝他一笑。

那一笑，把連城剛剛吞下的滿肚子甜味都比了下去。

「在看什麼？」他走到總裁身後。

透過落地窗，正好可以遠眺後院的小型農場，小畫家那群人就落在視野之中。張曉峰也在那兒，他雙手在空中揮舞，滔滔不絕跟未來姑丈說話，小畫家也聽得專注，兩隻眼睛盯著他看。

窗玻璃隔音效果佳，他們沒辦法聽見戶外的任何動靜，但從眾小孩的動作和表情可以猜到，張曉峰似乎提出了什麼厲害的要求，更加炒熱了氣氛。

不知怎麼著，張鳳翔也接著出現了，站在小畫家身後，對著素描本指指點點。一旁的張蝶語哪有坐視男友被批評的道理，立刻對張鳳翔說了一大串話，兄妹倆一來一往，開始進行一場狀似激烈的言語交流。

連城眞的很高興自己沒有在場。

「我有點意外曉峰也加入他們，他通常不和妹妹們玩在一起。」張雁鳴問連城，「你和他說過話了嗎？他的心情怎麼樣？」

「感覺還好，小猴子比我們想像得要成熟。他剛剛跟我宣告，他要當個負責任的強勢長男，你那些姪女的未來追求者都要辛苦了。」連城從後方貼近，攬住總裁的腰，輕笑時故意把氣息吹進總裁的耳裡。

張雁鳴嗯了一聲，沒有躲開，反而在連城懷裡放鬆下來。

「再過個十幾年，搞不好小猴子就能當大總裁的左右手。你可以提早退休，我們找個四季如春的鄉間湖濱，悠閒過日子。」說完，連城爲自己的話吃了一驚，身體略微僵住。

這種接近想要與對方白頭偕老的重大宣言，怎麼就脫口而出了？這些念頭是又從哪裡來的？

張雁鳴對連城內心的震驚毫無所覺，他扭過頭來，蘊著溫柔笑意的眉眼微微彎起。兩人嘴唇相觸時，連城幾乎能看見那片想像中的湖水泛著綠波。

「什麼湖、什麼養老？你們才交往半年時間！」連城在腦中對自己大吼。

「但是半年在你的紀錄裡，已經是數一數二長，算得上永恆了呢！」腦袋裡另外有個聲音這麼回。

連城在思緒中迷失了片刻，回過神時，正好趕上總裁跟他說話。

「回去之後，如果你同意，我想要公開我們的關係。」張雁鳴說話時小心翼翼，連城不太明白原因。

「喔，好……都由你做主。」他還有點恍惚，好像還能聽見湖濱樹林的沙沙風響。

連城不記得自己是什麼時候鬆開抱著總裁的手，兩人隔著兩小步距離，總裁繼續用那種謹慎的目光看著他，好像還等著他說些什麼。

他努力了一會兒，實在想不出自己還需要說什麼，便也露出微笑，只是那笑裡帶著點迷茫。

「或許你應該在那之前通知令堂。」張雁鳴只好直說。

喔，原來總裁考量的是這個啊！連城恍然大悟。

他隨意擺了擺手，相當不以爲意，「沒有關係，她不會有意見。即使有，也不影響我們。」

張雁鳴顯然沒有估算到連城會如此回答，他愣了一會兒，才說：「這件事會成爲新聞，不只侷限於八卦小報，各大媒體都會報導。你希望令堂和其他家人從電視或網路得知我們的關係？」

連城笑了起來，「他們一定想不到是我，而會認爲那是某個跟我同名同姓的傢伙！啊，對了，可不可以用我媽你媽來稱呼就好？私底下輕鬆一點？」

連城和張蝶語相交多年，講到張老夫人或是連城的母親，在稱呼上都隨便慣了，後來和總裁對話，也沒想到要用敬稱。雖然總裁似乎不介意，頂著張超厚臉皮的連城也是有不好意思的時候。

張雁鳴點點頭表示同意，便把稱呼的事擺到一旁，回到這次談話的重點。

「當全世界都知道我們的關係，和你最親的人卻是最後一個知道，而且不是從你的口中得知，你覺得這樣沒有問題？」

「你才是和我最親的人。」

「不要——」張雁鳴抿了一下唇，抬眼瞪他，「不要試圖轉移話題。」

總得嘗試看看嘛！連城在心中回嘴，但他此刻也明白了，在這個問題上，張雁鳴不容他迴避。

連城盡力收斂笑容，正經回答，「怎麼說呢？在血緣和法律上，我媽的確是我關係最近的親人。但是在感情上，我們大概就像……像……比普通朋友再熟一點？我和我媽沒有關係不好，也沒有嫌隙或積怨，就只是……只是……」

連城一時難以用言語表述，雙手一陣比劃，做了些連自己都不懂的亂七八糟手勢。

而總裁此刻露出的表情，連城一時無法解讀。

「你是不是覺得很難理解？」輪到連城小心翼翼問。

「不，我懂。我介意的是媒體不會懂。萬歷和媒體向來互動良好，我們有把握掌控大部分的輿論風向，但不是百分之百，也無法避免你和你的親人暴露在聚光燈下。」

連城張開嘴，正要說話，總裁卻搶先一步再次出聲。

「別想說無所謂！」張雁鳴不太情願地加重了語氣，「因爲我的緣故，才有這許多麻煩，我需要事先告知你的家人，取得她們的諒解，那是做人的基本禮數，對我很重要！」

「嘿，我有沒有說過，你展現出霸氣的時候格外迷人，讓人忍不住想要撲上——」

總裁交疊起雙臂，皺著眉，目光如電如火，朝連城直射過去。

近來連城已經鮮有機會見到總裁的這一面，他忙往後退，投降般舉起雙手，「好、好、好！我知會她們！」

連城說到做到，立刻從旅行袋裡取出筆電，在床沿坐下。

「我現在就聯絡，馬上！呃……其實也不能算是馬上，這台筆電的開機速度快不起來，畢竟都用了五年多嘛！我把新的那台留在家裡，出遠門都帶舊的。如果問我爲什麼不汰舊換新，我也答不上來，或許是希望身邊多一些舊東西？賣掉老家時，我丟掉了好多回憶，那時扔得瀟灑，事後有點後悔。幸好我留下了集郵冊，你知道……不對，你不知道……我的集郵嗜好持續了滿長一段時間，全在那本深紅色冊子裡，封皮有燙金，外頭罩著紙盒，很漂亮。話說回來，把集郵冊從老家帶過來之後，我一直沒翻看過它，不知道有沒有受潮，有沒有蟲害……啊，終於開機完成，我現在就撥電話！」

旁邊忽然伸過來一隻手，闔起筆電上蓋，幸得連城及時把手從鍵盤移開。他抬起頭，望向總裁，滿臉不解。

張雁鳴的表情軟化了許多，甚至看起來有些疲倦，連城懷疑和自己剛才的那一番碎念有關聯。

總裁長嘆一聲，溫言問：「老實說，是不是我入侵你的生活太快太深？」

連城愣了半晌，才說：「不，我絕不會使用『入侵』這個詞，也不覺得太深太快。我喜歡我的生活裡有你，一切都很好，只是……只是……」

透過交纏的視線，連城看見張雁鳴的憂慮，那讓他心中的焦急也增加不少。

連城使勁搓了幾把臉，接著深深吸一口氣，「我從來沒把交往對象介紹給家人認識過，現在要打的這通電話，是我頭一遭。」

「一個也不認識？」張雁鳴很意外。

交往時間太過短暫的也就罷了，但是根據連城告訴他的過往情史，不是有個前任男友與連城交往將近三年嗎？

「你可以把我們一家想像成是幾個分住各地、交情不錯，卻不常見面的老朋友。」連城努力想要解釋。

聽了這句話，總裁的眉毛微微揚起，手臂又疊回胸前，看在連城眼裡不是個好跡象。

「對、對啦，沒錯，朋友之間通常也會交流彼此的感情狀況，所以、所以大部分原因還是出在我身上，我就是……沒想過要那麼做。」連城緊張地歪了歪嘴角，沒能成功製造出笑容。

「那就像是一道門檻，一項重大的決定，跨過去等於許下承諾。我不是不願意，而是……我說過這是頭一遭嗎？」連城眞想抽自己一巴掌，這話三分鐘前就說過了，他得振作點，別再重複跳針。「現在我知道了，嘗試從沒做過的事，確實可能會引起非理性的恐慌。」

連城說完這一小段話便停了下來，謹慎觀察總裁的表情變化，心中頗有些忐忑。他不認爲自己的解釋夠好，甚至還有點蠢，只盼望他的眞心誠意能成功傳達出去。

張雁鳴沉默了片刻，也在床沿坐下，兩人肩膀挨著肩膀。

「我不知道你是這樣的想法。」

「我本來也不知道。」連城拉過他的手，放在掌中，用拇指輕輕摩娑，「剛剛聽到我說，等你退休後，我們找處鄉間湖濱悠閒度日時，你有什麼感覺？」

「很甜蜜。」張雁鳴不假思索回道：「你想像過與我共度餘生，我感到很榮幸。」

「說起來好笑，我倒是被自己嚇了一跳。」

張雁鳴彎起手指，回握住連城，語氣認眞無比，「你也已經知道，我在事業和私生活上有幾個共通點，大多數時候都很認眞執著，也一直看得清楚目標和方向，躊躇迷惘的時候極少。當一段關係開始發展，無論是友誼、雇傭、合作或戀愛……尤其是戀愛，我不順其自然，而是竭力盡心經營。我還是貪婪的，所有正面的關係都想要長長久久，最好延續到永遠。」

「那也是我的願望，眞的！」連城的聲音裡透著少見的迫切，怕對方不信。因爲一年前的連城就不見得相信。

張雁鳴緊了緊與連城交握的手，目光溫和柔軟，他和他的掌心一樣暖意融融，「我們推遲公開的時間，過幾個月再說吧！到時候你通知令……你的母親、姊姊，不需要當場介紹我和她們認識，溝通全由你一個人負責，這樣你是不是比較自在？」

連城呆呆地點頭，「你、你確定嗎？」

「躁進，不是永續經營的好主意。我已經等待了那麼久，不差那一點時間。」

連城訕訕笑了兩聲，「不知道你等待的是不是我。你確定我不是碰巧挑中了正確的時機出現？」

「別低估時機的重要性。」張雁鳴微笑道：「查查外界的評論就知道，萬歷張雁鳴最出色的就是眼光和遠見，可不是自吹自擂。我知道自己在做什麼。」

張雁鳴捧住連城的臉，拇指輕輕擦過他的下唇。

「第一眼我就喜歡你，發現你不能屬於我的時候，那份懊惱簡直無法形容！一整晚的食不知味、好幾個月的夜不成眠，終於——」回憶起那段時光，滿腔澎湃情緒一時找不到合適的言語宣洩，張雁鳴只能傾身向前，將其灌注在與連城相貼的唇瓣之間。

他能明顯感覺到連城嘴唇的微笑弧度，稍微退開後，果然也聽見連城的低笑，笑聲雖然充滿愉悅，卻惹得他瞇眼皺眉，瞅著人表示疑問。

緒。

連城心想，真不可思議，總裁既能令他緊張到語無倫次，也能快速寧定他的心

「從我的角度來看，你就能明白哪裡有趣。」連城忙笑著解釋，「我一直以爲是我不懈的努力和逆天的好運氣扭轉了局勢，讓你對我的討厭程度逐漸降低。至於我這麼一個凡夫俗子，是在哪個時間點被萬歷的總裁看上的，那我可就完全摸不著頭腦了！」

「看上？」張雁鳴不喜歡這個用詞。

「獲得萬歷總裁的青睞？」

「萬歷的張雁鳴愛上了你。」

再簡單不過的一句話，卻讓連城微張著嘴，暫時丟失了語言能力。

「你喜歡叫我總裁、房東或是其他什麼都好，我不介意，你也不需要改。但是你得明白，我們沒有身分差異，沒有誰比較尊貴，或者誰擁有更多的話語權。我們是事業夥伴，那是我對自己的要求，也是對你的承諾，我會持續努力，直到再也沒有任何地方可以努力。若是我有所疏忽，你不要隱忍，隨時提醒我；只要你說，我一定聽，且聽到懂。」張雁鳴說話時始終看著連城。

太陽落下樹梢，帶走最後一絲自然光。定時開啓的室內燈由暗轉亮，取而代之，染了一屋子暖黃，將他們籠罩其中。

連城沒注意到光線的變化，他凝視著張雁鳴，迷失在戀人深邃如夜的眼瞳裡。

「你怎麼辦得到單身那麼多年？世界上的其他人都在做什麼？」他彷彿嘆著氣說。

張雁鳴垂下視線，微微笑著，「怎麼不問問你自己，這麼多年都在哪裡？」

他必須吻他，除此之外，連城的腦中沒有其他念頭。

連城開始得有點淘氣，先是輕啄張雁鳴的鼻頭、左邊臉頰、右邊臉頰，然後才到兩片薄唇。張雁鳴樂於配合，閉上眼睛側過頭，啓唇相迎，臉頰泛著與室內暖氣無關的漂亮紅暈。

連城的一隻手伸到張雁鳴的頸後，另一隻手在他的頰邊流連，指腹溫柔游動撫按，像在模仿口中靈巧的舌。濃烈的皮革與松木香氣溢滿鼻腔，連城貪婪地汲取、吸吮，直到不得不張口喘息。

坐在床沿的他們，在分開時還保持著彼此呼吸可聞的距離，張雁鳴睜開眼，連城也正望著他。床頭有個復古座鐘，張雁鳴的視線掃過去，兩支指針的位置讓他那顆輕微發熱的腦袋頓時冷卻下來。

張雁鳴伸手扶住連城的肩膀，將他往後推到安全距離之外。

幾次呼吸之後，張雁鳴帶著歉意說：「剩下的時間只夠我們梳洗更衣，爲晚餐做準備。」

連城也看了時間，癟起嘴，假裝委屈。

張雁鳴笑著摸摸他的臉頰，站起身。

「我先去洗把臉，然後浴室就全部歸你使用。」總裁邊走邊說。

「雁鳴。」

一開始總裁還以爲是其他家人叫他，可是寢室內並沒有別人。

「雁鳴……」

連城又喚他一次，短短兩個字滑過舌尖，尾音稍微拖長，似乎意猶未盡。

總裁終於轉過身來，雙眼亮得不可思議。

「……什麼事？」

「我愛你，聖誕節一起過？」

總裁更訝異了，不是針對問題本身，甚至不是因爲那句告白，而是發問之人的神情竟然透著些許……羞怯。

連城和「羞怯」這個詞是不搭調的，但他實在找不到更適切的形容。

「可以安排。」張雁鳴才不管聖誕節有沒有公事，聽說那是在情侶之間極其重要的節日，他絕不會搞砸。

「太好了，希望你能空出兩個禮拜，我們到加拿大過聖誕。」

張雁鳴終於完全搞懂連城這項邀約的意義，他情不自禁綻開笑容，又立刻收斂起來，好像害怕自己的喜悅太過，會破壞了什麼。

「我的姊夫從小無親無故，因此格外嚮往家族團聚的熱鬧溫馨，他吵著要我攜伴參加很多年了。」連城頓了頓，「我媽也會出席，或許你們可以……呃，認識一下。」

「你確定嗎？」

「不確定。」連城勾唇一笑，「但是，解決不確定的問題，不就是直接跳進去嗎？」

張雁鳴瞇起了眼，「我剛剛才說『躁進不是永續經營的好主意』，你這麼快就來逼我自相矛盾？」

「這不是躁進，是我在變得成熟。」連城的眼中迸出惡作劇一般的光芒，「我想通了，視訊根本不夠勁，直接會面才能好好驚嚇她們！哎，光是想像那個場面就值得了！」

張雁鳴笑著搖頭，「還變得眞是成熟！」話音剛落，他忽然又皺眉，「你說聖誕節……那不是再一個多月就到了嗎？」

「你不可能是介意太晚才買旺季的機票吧？」

「我們不需要買機票。」張雁鳴心不在焉地擺了擺手，開始在連城面前來回踱步，「重要的是禮物，不只是見面禮，還有聖誕禮物！要送給令……你的母親、姊姊、姊夫和三個外甥。」他扳著指頭算，拋出一串問題，「他們喜歡什麼？想要什麼？又缺少什麼？」

「誰知道呢？我頭幾年送嬰兒用品，後來幾年買玩具，再帶滿兩個大行李箱的指定零食，什麼煎餅、豆乾、水果乾、花生糖之類的。我還得去往不同店家採購，已經夠他們感激涕零了。」

張雁鳴瞪連城一眼，不能認同。

「你快點梳洗更衣，我來連絡安東。製作客製化禮物的時間很吃緊，不能再浪費一分半秒！」

「咦？什麼客製化？你不要、不要寵壞他們！」

張雁鳴才不理會連城的抗議，逕自打電話吩咐助理去了。

Chapter 35

結果連城和張雁鳴剩下的時間在打點完自己後，還有餘裕與張虎嘯在起居間聊了一會兒迎接新生兒的準備，也聊了些張曉峰的事。

等到連城踏進餐廳時，大部分張家成員都已到場，除了張虎嘯、張鳳翔外，其他人都是自母親節以來首次見面。

連續幾個月和總裁沉浸在兩人世界，甜蜜熱戀，連城都快忘了上回的母親節聚餐是如何收尾，氣氛又是如何尷尬。此刻隨著他的出現，類似的氛圍又有捲土重來的跡象。

值得慶幸的是張延齡對待他的態度，並沒有多大改變，在連城送上問候兼生日祝賀時，張延齡還拍了拍他的肩膀，算得上和藹可親。

張老夫人可就不一樣了，她連目光也不和連城接觸，當他是空氣。

連城無奈歸無奈，也不怪任何人。在張家，他就是個惹眼的標誌，時時刻刻提醒著張家二老，小兒子張雁鳴喜歡的是男人。張家二老在理智上或許能接受，但心理上顯然還需要多些時間調適。

連城怎麼也想不到，打破這片奇異尷尬的會是小畫家。

小畫家和張蝶語最晚抵達，大小姐才開口叫了聲爸媽，所有的視線便瞬間集中至她身旁的陌生男客身上。小畫家當場倒退兩步，把門框撞出一聲響。

張鳳翔抓住機會，叫道：「連城快看，是你的前女友和她的現任男友！」

連城十分配合，舉起雙手遮住臉，閃身躲到總裁背後，「哎，尷尬死人了！」

仔細一想，這四人的關係的確莫名其妙，確實有幾分好笑，於是鄭寶妍起了頭放聲大笑，大家也都跟著笑了起來，唯有受到驚嚇的小畫家和固執的張老夫人沒有加入。

在那之後，那片尷尬雖不至煙消雲散，卻也淡化了七八成以上。

趁眾人的注意力轉移，張雁鳴拉著連城入座，低聲在他耳邊說：「我想那是三哥表達歉意的方式，爲了派對的事。」

「派對的事也不全怪三哥。」

張雁鳴似笑非笑地斜他一眼，「對，要怪你，都怪你。」

開席後，大哥張龍騰帶領眾人舉杯祝賀張延齡的壽辰，再歡迎身爲客人的連城與鄒文雅，最後鄭重恭喜弟妹高美君懷孕。

連城認識高美君近一年以來，這是她最具存在感的時刻。高美君雙頰飛紅，微笑不輟，看起來心情好，氣色更好，好得讓連城驚訝。

他向來認爲孕婦散發出光輝不過是都市傳說，僅爲了安撫孕婦起伏不定的情緒而存在，自家姊姊就是個最好的例子。

幾年前連城的姊姊懷孕時，他曾前去加拿大探望，並留下來幫忙了一小段時間。

他姊姊孕期辛苦，心情差、脾氣壞，時不時把怒氣發洩在身邊所有人身上，別說散發出什麼光輝了，根本是大魔頭！倒是連城的姊夫照料孕妻無微不至，任勞任怨，本來就是好老公，產後多了個好爸爸身分，他才是發出神聖光輝的那個人！

大夥兒坐定，各種客套招呼說過一輪，就沒有連城的事了。他放鬆下來，嘴裡品嘗美食，旁聽席間的對話交流，並不急著參與。

坐在連城對面的鄒文雅，難得穿了西裝，打扮得像個社會新鮮人，他接替了連城幾個月前的位置，正接受張延齡夫婦的審問。他看上去不太好，臉色嚇白了，微笑也是硬擠出來，隨時可能崩散。

外人見了可能覺得好笑，認識小畫家的人卻知道他已經竭盡全力，憑他沒有起身逃走，還說得出話，連城就想拍拍他的背，稱讚他一番。

但連城也只敢想想，不能付諸實行。連城自己也還在老夫人的觀察名單上，不知道要失寵多久，他只能在精神上支持小畫家，若是出言相挺，必定將造成反效果。

事實上，即使連城眞要出手相助，也找不到著力處，因爲張蝶語已築起密不透風的防禦，她把父母的問話都擋了下來，或者搶先代爲回答，和小年夜帶連城回來那時根本不能比擬。

張延齡終於無奈地長嘆一口氣，「妳不要一直搶著回答，爸爸要聽小畫家說話。」

「爲什麼爸也叫他小畫家？」張蝶語瞇起眼，頭一轉，帶著指控意味的視線直直射向對面的連城。

連城剛從總裁的盤子裡劫走一批總裁不愛吃的蘑菇，忽然接收到來自四面八方的好奇目光，忙放下餐具，鄭重道：「我對天發誓，絕對沒有四處散播消息，說妳家的小畫家是小畫家！」

母親節聚餐之後，他就沒和張家二老見過面，是要怎麼散播？

「與連城無關，是我跟爸媽閒談時提到的。」開口澄清的是張雁鳴。

「我覺得是很可愛的綽號。」大哥張龍騰接著說。

「還可以拉近距離。」然後是二哥張虎嘯。

大概是看小畫家那副瑟瑟發抖的小動物模樣太可憐，又忌憚妹妹目光凶惡，外彎的胳臂隨時可能揮擊過來，幾位兄長說話都盡量客氣。

然而卻不包括三哥張鳳翔。

「其他繪圖軟體沒有中文名稱，沒得選嘛！」

張鳳翔的結論惹起廳內一陣笑。

唯有張蝶語的兩側腮幫鼓滿了氣，一點也笑不出來。

「妳別操那麼多心，讓文雅說話。」總裁對妹妹微微一笑，「今天是大好的喜慶日子，沒有人會故意爲難他。」

是啊，沒錯，他們刻意選在張延齡過生日的今天，讓鄒文雅和連城加入，就是看準家族長久以來的習慣，逢年過節團聚時，眾人的言行不能破壞表面上的和諧。除非像總裁上回那樣驚天動地出櫃，炸大家一個措手不及，否則人人都必須露出笑容，維持和樂的氣氛。

而且張蝶語注意到四哥剛剛還叫了男友的名字，頓時便高興起來。

於是小畫家戰戰兢兢親上前線，張延齡正巧問起他的家庭背景。

那是個挺尷尬的話題。鄒文雅和原生家庭早已斷絕往來，多年不曾聯絡，親人的近況、手足們是否已婚、從事什麼工作，他一問三不知。而他的親人也同樣對他不聞不問，一無所知。

鄒文雅紅著臉，有些難爲情地小聲說：「獨自生活多年後，我認識了小蝶，經常聽她說起家裡的熱鬧，以及哥哥們對她的照顧，尤其父母的關心從不缺席，我每次都覺得羨慕。現在我坐在小蝶身邊，雖然時間很短，分享到的溫暖卻是許多年都不曾感受過的。我眞的很感謝您二位，邀請我加入這張餐桌。」

兩老聽得龍心大悅，既同情又自豪，才不在乎結巴害羞的小畫家怎麼眨眼間能拍出這麼響的馬屁。

幾位兄嫂的視線都投向連城，懷疑是他教出來的成果。

連城正經八百說：「我對天發誓——」

總裁在旁看他面不改色亂發誓，噗哧笑出聲來，打斷連城沒能說完的誓言。

張雁鳴在家人團聚吃飯時，總是沉默居多，在餐桌上笑出聲音都不知道是多麼久遠以前的事。眾人驚訝之餘，沒有人再懷疑連城是否眞是張雁鳴的正牌男友。

老夫人的視線也轉了過來，今天第一次停留在么兒男友的身上，神情若有所思。

苗芊芊一直不太理睬餐桌上的話題，此時她卻忽然對張蝶語說：「妳先前安排連城假扮妳的男友，我當時覺得超蠢，現在才知道我想得不對，妳的確有不得已的苦衷。」

身為那個不得已的苦衷，小畫家窘紅了臉，差點被食物嗆住。

張蝶語的臉頰也浮現一抹紅，卻是因為火氣上湧，「妳是什麼意思？想吵架嗎？」

「我的意思不就是在跟妳道歉嗎？妳聽不懂也不需要生氣啊，真的好奇怪！」苗芊芊睜著一雙迷濛大眼，無辜的模樣在螢光幕前曾牽動過無數粉絲的心。

連城曾經也很欣賞她的藝人形象，但是在近距離交流之後，現在的他已經找不回當年的感動了。

苗芊芊又說：「本來我還想稱讚妳挑選男人的眼光不錯。」

這句話一出，不只張蝶語一個人難以置信，在場所有人都感到驚訝。

卻聽苗芊芊繼續說道：「妳又凶又霸道，配個跟孤兒差不多的軟弱男人，確實很適合，妳很會挑。」

連城緊急咳嗽一聲，舉起水杯遮掩失控的嘴角。

張鳳翔忙著袒護老婆，張龍騰試著圓場，總裁皺起眉頭，鄭寶妍跟連城一樣在偷笑，小畫家和其他人則是完全傻眼，餐桌上登時亂成一團。

大概是因爲張虎嘯緊緊按住了張蝶語的雙肩，她才沒有立刻拿餐叉在苗芊芊身上戳個窟窿。

依連城的意見，張蝶語大可不必發怒，如果有什麼能激發老夫人對小畫家的愛護之意，實在非苗芊芊的批評莫屬。

果然老夫人開口了。

「文雅很好啊！男人誠樸木訥是優點，少說話、多用心，將來成就一番事業，做全家人的支柱。這樣的男人可是好丈夫的料子，在外面不會胡來，妻子也能安心信任丈夫，在家相夫教子，生活才圓滿幸福。」

張蝶語沒好氣地說：「我可沒說過要在家相夫教子。」

張延齡看到自己的夫人瞪大了眼，知道這個話題危險，趕緊制止道：「好了好了，今天我過生日，不提這些！什麼丈夫、孩子的，還遠得很，現下小倆口相處得開開心心，那也很難得了。」

老夫人聽了丈夫這番話，突然朝么兒的方向瞥來一眼，連城不太明白是什麼意思，當然也不敢問。

餐桌上，其他人已經按照壽星的意願，換了話題，討論起高美君和她不久後將出世的兒子。

高美君微笑著表示產檢一切正常，孕期也沒遭遇太大不適，大夥兒關心的重點一下子來到預產期和小孩子可能的星座，熱烈談論著是水瓶適合？還是雙魚更好？

「二哥二嫂開始考慮小孩子的名字了嗎？」連城假裝不經意地問。

比起餐桌上有半數人嗤之以鼻的星座話題，新生兒的命名更能引起興趣。主意來自四面八方，都如張曉峰先前所說，命名的選用字詞圍繞著岩石與礦物打轉，張鳳翔甚至講起泥啊土的，根本沒注意高美君的臉色也越來越接近泥土的顏色。

張虎嘯和連城交換過眼神，輕咳一聲，指名長子發表意見，「曉峰，你將來是他的大哥，有沒有什麼想法？我們很想聽一聽。」

小猴子驚得呆了的表情，實在值得珍藏。

對張家的小孩子來說，全家團聚吃飯是極爲無聊的場合。大人討論事情，他們並沒有插嘴的餘地，只盼著趕快吃飽離席，去做其他更有意思的事……直到現在，情況第一次有了改變。

現在，所有的目光都聚集在張曉峰身上。他挺直了背脊，把所有曾跟連城提過的命名想法都說了出來，語氣因興奮而加快不少，一口氣講述完畢時，差點快要喘不過氣。

張虎嘯原本只是賣連城一個面子，想不到兒子的意見頗有可取之處，連張家二老都頻頻點頭稱讚。

「不錯、不錯！曉峰提的想法眞是不錯。」

那是貨眞價實的認可，不只是爲了哄小孩，張曉峰感覺得出來，得意之餘，竟然有些不好意思，耳朵微微發紅。

「我也喜歡，二哥你們要是不採用，就讓給我們好了。」張鳳翔說道。

「這麼快就拋棄你最愛的泥和土？」張蝶語諷刺他。

「送給妳用啊！」

她用力吐了舌頭，「鬼才要！」

兄妹開始拌嘴，場面又是一場糊塗，連城趁亂悄悄朝張曉峰豎起大拇指，意外接收到對方的笑容。

當張遠溪打了第一個大呵欠，便是生日蛋糕上場的時候。

巨大的長方形蛋糕被放在餐車推出來，以白色鮮奶油爲主的外觀並不花俏，倒是幾十支蠟燭擠滿了蛋糕表面，還混雜了仙女棒蠟燭在其中，劈哩啪啦噴著火花，立刻攫住了所有小孩的興奮目光。

張延齡呵呵笑著，手裡抱一個，膝蓋上坐一個，被孫子孫女包圍著唱歌許願吹蠟燭，整個過程名義上是慶祝他的生日，實質上更像是爲了討孫兒們的歡心。

晚餐在每人一盤蛋糕之後正式結束，眾人轉移戰地，去到起居間配著電視節目又聊了一陣。

小孩子先睡了，然後兩老也睏倦回房，大家才四散離去。

總裁也拉著連城上樓回到寢室。

Chapter 36

寢室已有人在晚餐時整理過，室內溫度適中，燈亮著，窗簾閉攏，電子壁爐火光閃爍，還播送著模擬木頭燃燒的逼真音效。

張雁鳴不愛飲酒，但是他在晚餐時刻意多喝了幾杯。紅酒而已，遠不足以產生醉意，卻對心情的放鬆以及勇氣的凝聚頗有助益。

他聽見連城緊跟在他身後進到房裡，房門關上，喀一聲上了鎖。他的心跳隨之加快，不敢回頭去看對方。

好吧……顯然他喝得不夠多，膽量還不夠大。

張雁鳴回想過去的幾個月，他和連城盡可能把握每個空檔見面約會，次數沒有理想中多，過夜的時候更少，不過他們都好好利用了，溫存、親熱、同床共枕，品質也無可挑剔。

但他們沒有做到最後，還沒有所謂的……插入。

腦中閃過的那個字眼，讓張雁鳴感到一陣燥熱。

由於他保守、緊張和慢熱，連城從未顯現出絲毫性急，還雲淡風輕地表示，男人因釋放感到愉悅與滿足，無關是否插入，那只是性愛的其中一種風味，如同其他方式，沒有哪一種是絕對必要。

張雁鳴喜歡放慢步調，連城的說法讓他安心。他接收到的訊息十分明確，想不想要、什麼時間什麼場合想要，都由他決定。

他因此獲得心靈上的安全感和肉體上的美好體驗，然後新的問題產生了，他不知該如何向連城表達，自己已經準備好，可以更進一步、想要更進一步……

苦惱了一陣子，他想到一個方法，不算高明，但總是個方法。

張雁鳴走進更衣室，連城的聲音從門外傳來。

「我覺得小畫家今晚的進展不錯！大哥二哥的岳家也是不好惹的豪門，說不定他們和小畫家同病相憐，認爲他是自己人。」

張雁鳴隨口嗯了一聲，從衣櫃層架取出早先存放的紙箱。

「小蝶低估了你爸媽對她的疼愛，」連城又接著說：「如果她沒找我演那一齣假男友的戲碼，直接帶著小畫家硬闖，搞不好也能成功。」

張家二老應該看得出來，再不喜歡鄒文雅這個準女婿，也不能拿支票甩在他臉上、要他永遠消失。

張雁鳴抱著紙箱走出更衣室，連城站在電子壁爐前，低頭把玩著遙控器。

聽見張雁鳴靠近的聲響，連城抬起眼看他，笑著說：「幸好小蝶當時勇氣不足，我才有機會成爲最大的受益者。」

張雁鳴喜歡那雙會笑的眼，明亮、清澈、感情豐富……最好的是，眼裡總映著自己的身影。

連城注意到張雁鳴安靜得奇異，便問：「怎麼了？」

不等張雁鳴回答，連城的目光落向他手裡的紙箱，又問：「那是什麼？定時炸彈嗎？」

張雁鳴緊張一笑，把紙箱遞出去，「可以幫我個忙，確認寄來的商品是否正確嗎？」

「當然好啊！」連城從抽屜搜出剪刀，捧著紙箱在沙發坐下，一面俐落地劃開封箱膠帶，一面笑道：「可是我不知道訂單內容，要怎麼確認——喔！」

張雁鳴的視線不敢接觸紙箱，更不敢觸及連城，而是落在自己的鞋尖。

他透過網路買了保險套和潤滑液，很多很多個保險套和很多很多瓶潤滑液。那是個複合商城，廠牌、款式眾多，他怕選錯，便一網打盡，只要品名帶了關鍵字，就掃進購物車，然後親自取貨付款，大老遠帶過來。

他希望這是個足夠明確的暗示，或者說……邀請。

連城的驚訝在預料之中，令人擔心的是他接下來的反應。如果遭到調侃，或是被開低俗的黃腔，張雁鳴會非常介意。

但是連城沒再開口說話，只有沙發那邊傳來窸窣動靜。

張雁鳴忍不住偷眼望去，一看之下，爲眼前的畫面詫異地睜大了眼。

已拆封的紙箱被擺在沙發前方的矮桌上，箱口大開，連城正從箱裡一樣樣取出商品，對照著一份跟著商品寄來的明細清單核對品名，又翻來翻去細讀上頭的標籤，確認無誤，才把商品擱到桌上，又去拿下一件。

在張雁鳴的注目下，他重複著上述動作，一遍又一遍，直到紙箱完全清空。

「根據清單，商品沒有缺漏，也沒有過期。」連城把清單放回紙箱，朝總裁微微一笑，拍拍身旁的座位。

張雁鳴年長連城六歲，但是當他按照連城的要求，慢慢坐進沙發時，他覺得自己才是比較年輕的那一個。

連城指著桌面上的情趣用品大軍，解說道：「油性潤滑液會破壞橡膠製保險套，水性則乾得太快，兩種都不合用。」他把近三分之二的潤滑液扔回紙箱，「使用在體內的產品，成分越單純越好。熱感、涼感之類含添加物的特殊潤滑液，我的建議是迴避爲妙。」

又有好幾個長型紙盒遭到連城的排除。

「矽性潤滑液最貼近我們的需求，它唯一的缺點是不易清洗，不過我認爲一名體貼有耐性的伴侶就能解決這個問題。」

處理完潤滑液，連城調整坐姿，面向另外一小堆紙盒。

「保險套首重安全耐用，口碑不佳和薄得離譜的款式要優先剔除；螺紋、顆粒之類的花招，我從不覺得有效果；這些尺寸太大，這些太小……喔，這款橡膠味太重，很煞風景。」他一面說，一面連續往紙箱拋扔不合意的商品，「這幾個廠牌我沒接觸過，無法評價。」

篩選到最後，桌面只剩下四個不同包裝的紙盒，其中潤滑液與保險套各半。

在連城篩選商品的整段過程中，張雁鳴始終默不作聲。

他只是想傳遞訊息，向連城發出邀請，至於潤滑液、保險套什麼的，就任意拿兩個來用就好，並未考慮其他。連城的認眞以對是個意外，令人高興的意外，張雁鳴眞心這麼認爲，然而他的臉部肌肉因緊張而僵硬，恐怕什麼情緒都沒能表現出來。

連城果然誤解了。

「不必擔心，市場上還有不少你沒買到的廠牌，我們會慢慢試到合適的產品。」說著，他忽然皺眉，「這些……是我們要用的沒錯吧？」

張雁鳴笑了幾聲，無法用言語回答這句搞笑且多餘的疑問。

「現在有個重要的問題。」連城等到男友的視線轉過來，兩人四目相望，彼此都能看清對方的表情，才緩慢地說：「你和我，你想要誰使用保險套？誰用潤滑液？」

彷彿有一道霹靂打在張雁鳴的頭頂。

「我……我不知道……」他呆了一會兒，又問：「之前你都怎麼做？」

連城用自己的兩隻手掌包覆著張雁鳴的左手，並將嘴唇湊過去親吻指尖。張雁鳴感到輕微麻癢，很奇異的感受，好像心口同時也起了騷動。

「我沒當過零，但是樂意接受新挑戰，如果那是你的喜好。」連城說道。

喜好？他根本不知道自己的喜好是什麼！張雁鳴快速搖頭，臉頰燒紅。

「不……不必改變。照舊就好，照、照你原本的……的……」位置？安排？習性？他該怎麼說才對？「我的意思是，至少你有經驗，避免搞得一團糟。」

連城點點頭，輕笑道：「有你參與，即使一團糟，那也是好得亂七八糟。」

這一句奉承讓張雁鳴笑了，他整張臉還是紅著的，緊張卻是消退了不少。

「你知道我對你的喜愛程度吧？」連城又問。

「……有一點概念。」

「我喜歡你，即使你現在把這些東西全都收起來，直接上床睡覺，也沒有半點影響。我會幫你拍鬆枕頭，蓋好被子，一起乖乖入睡。」

張雁鳴想像了一下那樣的場景，笑著搖頭，「你會哀號。」

「我經常哀號，別放在心上。」

連城抬起眼，神情溫柔得不可思議。他繼續輪流吻著張雁鳴的每一根手指頭，又爲張雁鳴製造出許多奇異的搔癢。

張雁鳴情不自禁朝連城挨近。連城在拆箱驗貨前已經脫下外套，露出底下的雪白襯衫和鐵灰背心，他側坐著面對張雁鳴，頭顱微微低垂，每次有什麼動作，頸背肌肉拉伸，布料便繃起，緊貼住厚實的寬肩。那畫面很性感。

張雁鳴用沒被連城吻著的那隻手搭上連城的肩膀，滑向他的後頸。

「我不想睡覺，我想要你。」他在連城耳邊發出的低語輕柔得像嘆息。

連城鬆開手，張臂迎接戀人溫軟的身軀、柔潤的嘴唇，舌尖嘗到淡淡紅酒香和鮮奶油的甜。張雁鳴勾住連城的頸子，手指插進他的髮中，故意揉亂了那頭費心梳理過的烏絲。

晚餐喝的酒沒有醉倒任何人，親吻卻彷彿可以，他們陷在彼此的懷抱中，都感到醺醺然。

迷迷糊糊間，張雁鳴聽見連城說：「小心抓穩了！」

就算本來沒聽懂連城話裡的意思，當連城抱著他起身時，張雁鳴也因爲吃驚而立刻收緊了四肢，雙手攀住連城的頸子，腿纏住他的腰，整個人掛在連城的身前，像隻慌張的大型無尾熊。

連城在視線被遮擋的情況下艱難前進，膝蓋剛撞到床沿，兩個人便一起跌進大床。連城重重壓在張雁鳴身上，床墊彈動。

「好重！」張雁鳴抱怨道。

「你也是！」

他們同時笑起來。

連城用手肘撐起自己，凝視身下的戀人。張雁鳴的一綹頭髮散落下來，蓋住了眉毛，連城幫忙撥回去，指頭流連在張雁鳴的耳垂，輕輕揉搓。

「你是我見過最好看的人。」連城微勾嘴角，眼裡的戀慕赤裸且眞摯。

張雁鳴耳尖發熱，一時找不到回覆的言語，於是扯住了連城的衣領，接續起被中斷的吻。他的嘴唇和一顆心，像糖蜜般融化在連城的唇瓣之間。

他們慢條斯理地親熱，時間流動緩慢，欲望在過程中茁壯。張雁鳴數次扭動腰臀，逐漸勃起的器官被壓迫在長褲裡，怎麼樣都找不到舒適的姿勢，他忍不住發出介於情熱與不適的哼聲。

連城接收到訊息，輕笑一聲，立刻幫他除下皮帶，解開褲頭，動作熟練、快速又熱切……

連城總是熱切，無論這是他們的第幾次。

張雁鳴的性器終於被解放出來，令人難為情地往上翹起。

通常，張雁鳴下半身的裸露就到此為止。但是今晚不同，今晚連城得到許可，甚至受到邀請，他的指頭伸進張雁鳴的褲腰內緣，進行下一步動作之前先抬起了眼，看向張雁鳴。

張雁鳴咬著下唇，手指揪著床單，緊張從他渾身上下透了出來。

連城因此煞住動作，收回雙手，緩緩坐起。

誤以為連城要打退堂鼓，張雁鳴有些慌，想要開口挽救，連城卻對他眨眨眼，「等著，我有個主意。」

然後連城下床離開。

張雁鳴撐起上身，困惑的目光追著連城的背影，看著他走到電燈開關處，喀一聲，燈光熄滅。

電子壁爐的火光微弱，又侷限在沙發附近，張雁鳴從床上望出去，幾乎伸手不見五指。他很感激連城的用心，但是視線全黑實在矯枉過正。

張雁鳴正這麼想，連城倏地拉開窗簾，乳白色月光洩了一地，接著他在落地窗前轉過身來，臉上的微笑被月光浸染，瀟灑中又添了些許神祕。

當張雁鳴以爲連城不可能更吸引人，連城無預警地開始寬衣解帶，背心、襯衫被拋落在地上，暴露出來的每一寸精壯都在月色下發著光。

張雁鳴睜大眼睛，屏住呼吸，電子火焰的音效無法蓋過他擂鼓般的心跳，他看著連城的皮帶被打開，拉鍊被拉下……

最後連城彎下腰，再直起身，全身上下已沒有一絲遮蔽。他像一尊雕像，爲了展示完美而存在。

張雁鳴毫不懷疑自己的渴望全都表現在臉上，明顯得連月光也遮掩不住。連城收起笑容，眼神變得專注，他跨了幾個大步，爬上床尾，爬上張雁鳴的身體。

張雁鳴半坐起身，手掌小心翼翼貼上連城的胸膛，那是心臟的位置，他貼得更緊一點，感受到的鼓動也更強烈快速。

跟他的心跳一樣。

爲什麼他會爲派對上的那一幕感到困擾？這個連城和監視器畫面裡暈成一灘泥的連城根本完全不同。無論從前有誰碰觸過連城，又怎麼能跟此時此刻相提並論？張雁鳴露出笑容，心中莫名欣喜。

連城卻是莫名焦慮，「觸感不好嗎？還是我的胸肌長得很奇怪？」

「沒、沒有……」張雁鳴搖搖頭笑，撤回了手，移到自己的襯衫上，翻弄鈕扣的手指卻有些抖。

連城伸手阻止，嘴唇貼到他的鬢邊，「讓我來。」

張雁鳴順從地鬆開指頭，看著連城的雙手取而代之。

和落地窗前的表演不同，連城用最慢的速度解那些衣扣，他親吻張雁鳴的臉頰、頸子、鎖骨……每打開一顆鈕扣，親吻的位置便往下一點，指尖緊跟在後，探索每一處曲線起伏。

張雁鳴的肌膚在連城的撫觸下泛紅發燙，胸前的兩處突起尤其敏感，連城給予它們特別多的照顧，舔得揉得它們濕潤挺立，激出戀人的一波波抖顫，還有那些甜甜的、帶著點鼻音的輕促喘息……

張雁鳴的十指也慢慢環住連城的頸背。也許熄燈眞有幫助，又或許是連城的溫柔所致，裸露不再令張雁鳴緊張，他比預期更享受肌膚與肌膚的接觸，喜歡連城的體溫、重量，一切都空前美好。

連城引導他躺下來，分開他的雙腿，塞了個枕頭爲他墊高腰臀。張雁鳴的膝蓋拱起，股間的入口暴露出來。

「光線很暗，什麼姿勢都看不見。」連城握住他的腳踝，指腹來回摩娑，安撫他的不安。

「我不相信你……」張雁鳴睇起眼，滿頰暈紅，連城嘴角的微笑明明清晰可見。

「噓，別往下看，看著我就好。」

別往下看？又不是攀爬懸崖峭壁。連城的指示固然荒謬，卻有效果，張雁鳴在腦中嘟囔，分了心，慢了半拍才注意到異物的侵入。

他倒抽一口氣，辨識出連城的手指裹滿了黏滑的液體，從他的臀瓣之間擠進兩個指節。

他們眞的在做這件事，爲徹底的結合做準備。

張雁鳴有些難以置信地想起曾經偷偷接觸過的情色文字與影片，那裡面的狂喜表現含有多少眞實成分？同樣都是射精，插入後的射精有什麼不同嗎？他滿懷興奮與緊張，連城的指頭在體內反覆進出戳弄，他竟沒感覺到多大不適。

大概是用品選得正確。

「我滿喜歡的，這款潤滑液。」他脫口而出。

連城詫異地揚起眉。

張雁鳴自覺失禮，忙又補充，「你的手指也很好！」

「眞的？謝謝你！」連城一笑，指頭彎曲。

那感覺就像觸電，快感瞬間走遍全部的神經，張雁鳴驚叫一聲，身體震動了好大一下，雙眼抬起，正捕捉到連城眼裡的笑意。他給了連城一個既不眞心、又軟弱無力的瞪視，結果只讓那雙笑咪咪的眼睛多增加了幾分得意。

連城又在同一個位置淺淺揉壓幾次。少了驚嚇，張雁鳴的感受更強烈、更……舒服，他從不知道自己體內有這樣一處地方。連城第二、第三根指頭加進來後，張雁鳴的身體被明顯撐開，眉頭也忍不住揪起。連城空著的左手從他的膝彎往上滑過大腿內側，來到兩腿之間，握住那具被忽略好一陣子的器官。

張雁鳴的眉頭揪得更緊，原因卻是與方才相反。他仰起頭，長聲嘆息從喉間逸出，腰臀控制不住地抬起，往連城圈起的掌心蹭動，也讓埋在體內的手指進入得更深。

連城繼續執行擴張，指尖不時擦過那處敏感。他的左手只是握著張雁鳴的性器，透明液體便從性器頂端滲出，伴隨著張雁鳴時斷時續的細碎輕喘。

張雁鳴覺得又熱又急躁，他知道這只是準備工作，但是他們到底需要做多少準備？他可以就這樣釋放，他想要就這樣釋放，還有什麼體驗能更好更刺激？

連城顯然不同意，他抽出了手指，不理睬戀人的抗議，笑著輕拍了拍對方的屁股，指頭沾著的晶亮濕黏還留下些許在上面。

連城往大床邊一撈，拿起預先拆盒的保險套，快速撕開其中一個，爲自己戴上。保險套本身就有少許潤滑，連城瞥了眼那濕潤的入口，遲疑片刻，又抓過潤滑液，往套子外側抹上一大堆，多餘的液體都快滴落下來。

張雁鳴蹙起眉頭，「我沒有那麼脆弱。」

「但是我很脆弱，萬一弄痛你，我的心臟受不了。」

連城確實並非說笑。即使經過徹底的擴張，還有過量的潤滑液輔助，當他挺進時，依然像一把火燒進張雁鳴的通道，很接近疼痛，又不盡然是疼痛。

在連城的提醒下，張雁鳴做了好幾次深呼吸，努力一點一點將對方吞進體內。他被填滿、被撐開來。

連城花費了許多時間，小心地終於推到了底，他不再移動，雙手分別撐在張雁鳴的身體兩側，晶亮的汗珠在額角成形。

他仔細盯著戀人的表情變化，關切道：「還好嗎？」

張雁鳴的胸膛快速起伏，呼吸紊亂，心跳震動耳膜，他的世界短暫匯聚成兩個點，一個是連城的雙眼，另一個在他的體內隱隱脈動。

他點點頭，想開口說些什麼，腦袋卻是一片空白。

「拜託不要說你喜歡這款保險套。」連城憂慮地說。

明知道不應該，張雁鳴還是笑了起來，笑時牽動兩人的連結，笑聲尾段轉爲呻吟，音調高亢，這場小意外染紅了他的整張臉。

以連城的個人意見來說，任何人在性愛途中笑出來都極煞風景。

任何人，除了張雁鳴。

他親愛的總裁隨時都能歡笑。

「我說過你有多麼好看嗎？」連城柔聲問。

他記得自己說過，但說得還不夠多，遠遠不夠。

張雁鳴又笑一聲，「我眞的很擔心你的詞彙量。」

連城看向他頰邊未褪的紅暈，想著自己的戀人眞的好看得要命。

「我不需要太多詞彙，它們大多數都配不上你。」

連城的微笑和無數個細碎的吻一併落在身下人那張精緻的臉上，然後他極緩慢地往後退，幾乎退出了穴口，再用同樣的速度推進，推到不能再前進分毫爲止。他重複了兩次、三次……許多次，簡單的規律動作，引出難以言喻的極端快感。

張雁鳴的手攀上連城的手臂，有時又抱住肩頭，再延伸向背脊。

他的呼吸速度被連城抽送的節奏帶領，火燒般的不適逐漸降低至可以被忽略的程度，取而代之的是愉悅、興奮與滿足。這些或許來自肉體感官上的刺激，但是讓它們變得特別的，是他從連城眼裡讀到的深沉戀慕。

彷彿無法忍受兩人之間存在任何距離，連城俯下身，張雁鳴勾住他的頸子，他們在熱吻中交換對彼此的渴求，很快又因爲太需要汲取空氣而被迫分開。

但是連城沒有後退，他轉換了陣地，唇與舌造成的濕潤灼熱一路來到戀人的耳窩，口中低喃著親暱愛語，以及對方的名字。

張雁鳴第一次知道自己的名字可以聽起來這麼煽情。連城的每一次吐息，每一次舔咬，都是一道電流直達股間，讓他硬得疼痛，前液流淌出來，底下濕得一塌糊塗。

他弓起了背，喘著、呻吟著，發出各種他已經不認得的聲音。他的身體被打開來，緊緊包纏住連城。恍惚間，他發現自己似乎在求懇，卻不知道到底求了什麼。

連城眼裡的焰火一瞬間燒得熾熱，五指微微掐進張雁鳴的臀肉，單手握住他的性器套弄起來。他叫出令人害臊的浪叫，連城加快了抽送，每一次衝刺都準確撞擊在那處愉悅的源頭。

連城的手收得更緊，速度更快，模擬他在張雁鳴體內得到的感受。兩人的性器都被包覆、擠壓、摩擦，一同迷失在彷彿無窮無盡的感官刺激當中。

張雁鳴的高潮來自性器接收到的刺激，卻是深入在他體內、另一個男人的性器加深了高潮的歡愉，然後是連城釋放時發出的聲音，定義了完美。

再次睜眼時，張雁鳴呼吸還有點喘，心臟跳動得依舊激烈，但已經不像剛才那般激烈到彷彿能衝出胸膛。

他在枕上偏過頭，看著窗外的清朗夜空，遠方樹梢上掛著的幾顆星星。這是他小學以前的房間，但是他沒打開窗簾睡覺過，從不知道躺在床上也能見到星空。

連城處理掉保險套，很快回來，從背後抱住張雁鳴，挺著鼻子就往頸窩蹭。張雁鳴轉過身，迎面是連城得意的笑臉，他像隻咬回皮球的大狗，來向主人邀功討賞。

張雁鳴伸手揉了揉連城的頭髮，親吻過他的額頭，滿足地嘆息一聲，靠進連城的懷抱。他睏倦極了，卻捨不得就此睡去。

連城瞥了眼時鐘，短針老早就通過頂端，六點半要吃早餐，他們沒剩幾小時能睡，明早多半要後悔莫及。除此之外，這是他參與過最棒的張家聚會。

「所以……你們還在哪些時候聚會？舊曆年、母親節、父親節，加上他們每個人的生日？」連城問得很小聲。

張雁鳴閉著眼睛回答：「父親節在暑假，我爸媽每年都帶著孫子孫女出國度假，家長們有時需要一道前往，其他人無事一身輕。」說著他彎起了嘴角，「只要堅持不生孩子，父親節就沒有我們的事。」

「幸好我們有認眞避孕。」連城說完，兩人都笑了起來。

張雁鳴又說：「我媽不過生日，她在五十歲那年宣布作廢那個讓她變老的日子。然後你漏了中秋節。」

「聽起來次數不多，可以應付。」

「根據好感度，你還可能獲邀參加小朋友的生日派對。」

猴子們的生日派對？連城可不覺得這有什麼問題。他的一隻手抬上來，反覆用手指耙梳過懷中人的頭髮，「你呢？總裁的生日沒有大肆慶祝嗎？」

總裁往連城貼近了點，他喜歡連城手指的動作，最好永遠別停下來。

「沒有，每年都在辦公室度過。祕書們會準備蛋糕，唱個歌，吹個蠟燭，如此而已。」據安東尼表示，每年挑選蛋糕是祕書們的重大樂趣，張雁鳴也就不阻止了。

「明年開始我們可以一起過。除了生日，還有情人節、聖誕節……」連城頓了頓，笑道：「蘇格蘭蒙難紀念日。」

「別忘記跨年，我喜歡煙火。」

「嗯，還有萬聖節、元宵、端午、夏至、秋分……呃，驚蟄。」

「驚蟄？」總裁睜開眼，眉毛揚起。

連城得意地解說：「你知道，就是春天開始打雷的日子，大地萬物被雷轟醒，大夥兒從土裡鑽出來、從棉被爬出來，不情不願開始工作賣命，感覺是屬於大老闆們的節日。」

「聽起來不錯，」張雁鳴的眼皮又垂了下來，睡意從未如此難擋，「我喜歡你胡亂解釋的驚蟄……」

「就知道總裁喜歡。」

當夜稍晚，兩人澡洗了，床單也盡可能收拾過，才重返溫暖的被窩，互道晚安。

連城側過身，看著總裁的睡臉，又想起先前隨口提起的退休後湖濱小屋。依照萬歷總裁的生活風格，那大概不會是小屋，而是三層樓高的湖濱獨棟別墅，屋旁可以停直升機，湖面有水上飛機。

他這一次的想像，沒再嚇壞自己。

連城蘊著笑，閉上眼，追隨總裁進入夢鄉。如果運氣夠好，也許他可以夢見那棟湖濱別墅，事先看看附近有沒有便利商店。

Chapter 37

「七點，張小姐，四位。」

連城在燒肉店入口處報出訂位資訊。

服務生確認過紀錄，朝他們微笑鞠躬，「兩位這邊請。」

張雁鳴走在最後面，忍不住四下張望。

這裡就是一年前連城和妹妹擬定假男友計畫的那家燒肉店，他聽連城提過好幾次，心裡有點好奇。

連平常日的晚餐時段也如此熱門，店內幾乎滿座，客人以上班族爲大宗，每個人或飢腸轆轆，或有滿腔壓力急著向同行友人抒發，並不太注意其他客人，因此沒發現那位可能掌握著自己飯碗的大老闆正從旁走過。

張蝶語和小畫家先一步坐在座位上。那是個四人卡座，有兩口爐，其中一個已經架了烤網，燒著炭火。

看見他們到來，張蝶語露出笑容，舉手揮了揮。張大律師的打扮毫無意外是代表幹練與專業的俐落套裝和五公分高跟鞋，小畫家照常穿著襯衫牛仔褲和帆布鞋，光從外表看上去，這個組合像極了老闆和工讀生。

連城和張雁鳴坐定後，四個人簡單問候過彼此，連城從桌面架上抽出菜單，總裁並不伸手接。

「你拿主意就好。」他說。

「盡量點，別客氣，這一頓我請。」

連城攤開菜單的手僵住，總裁也是一凜，兩個人都警戒地望向開口說話的張蝶語。

「我約你們吃飯，當然我作東，又不是請不起，幹麼害怕？」大小姐甜蜜蜜地笑，笑得連城心頭警鐘大響。

張蝶語用錢一向豪邁大方，她請客並不奇怪，但是選在有張雁鳴在場的時候請客，那就奇怪得不得了。連城還沒看過哪個張家人刻意這麼做哩！

他正想指出這一點，卻被服務生打斷，張蝶語先前點的食物送了上來，山珍海味占掉半張桌面。服務生不一會兒又回來接受連城的加點，另一名服務生隨後前來布置第二個爐子的炭火和烤網，桌邊一陣忙碌。

「加拿大的聖誕節怎麼樣？好玩嗎？」等服務人員都走了，張蝶語問。

「冷斃了！人生最冷的兩個禮拜！」連城誇張地表演全身發抖，總裁在旁笑了起來。

或許連城是有點誇張，但是加拿大的寒冷可是貨眞價實。

連城的姊夫生性好客，爲了向小舅子初次帶到家裡的男友展現東道主的熱情，使出了渾身解數，規劃出滿檔的行程，全在戶外！

十二月二十五號當天，拆完聖誕禮物，他們一行八人便開始親近大自然之旅，溜冰、健行、滑雪、野營、冰上釣魚……冰上釣魚耶！老天爺！

總裁倒沒像連城那樣全程呼天搶地，連私底下也沒有。事實上，他是個無可挑剔的好客人，完全沒有大老闆的架子。他甚至處處討好連城的家人，儘管所有人都知道，他不需要那麼做也會受到歡迎。

連城爲此感激涕零，只能在網架上多放幾片總裁喜愛的高級澳洲和牛作爲答謝。

「他們家接受你了？」張蝶語問張雁鳴。

連城搶著回答，「接受？我帶妳四哥去是炫耀，他們膜拜他都來不及了！」

「連城的家人非常友善，我度過了一個愉快的聖誕假期。」總裁微笑補充。

張雁鳴公關稿風格的回應讓張蝶語翻了個大白眼，「你的出現至少有驚嚇到他們吧？」

「大概……稍微有一點。」

「稍微有一點？」連城笑著看了張雁鳴一眼，覺得男友的用詞太輕描淡寫。「我是因爲尊重我爸，才沒有把他老婆女兒下巴掉下來的場面拍成影片。」

又聊了一會兒聖誕假期的見聞，連城的加點終於也送上來，待烤的肉盤菜盤布滿桌面，差點沒了放餐具的位置。

一群人加緊速度，認眞烤了起來。當然是由連城和小畫家負責認眞烤，張家少爺小姐在一旁飯來張口。

趁著空檔，連城問候了小畫家的近況。他認識的小畫家不愛外食，幾乎不參與他和張蝶語的飯局，要吃飯也是連城上門拜訪，小畫家煮給他吃。今天很不尋常，他甚至捕捉到幾次對座兩人神神祕祕交換視線。

張蝶語輕咳一聲，「你們在加拿大的時候，爸媽有來我們家作客。」

哇！連城同情地看向小畫家，對方回以苦笑。

張蝶語又說：「爸媽同意我們結婚了！預計今年年底宴客登記。」

她看了未婚夫一眼，喜上眉梢，神情難得顯得嬌羞可愛。

眞是個沒預料到的好消息，連城和張雁鳴都很驚喜，兩人一起舉杯賀喜，小倆口歡欣道謝，每個人俱是笑容滿面，連向來安靜寡言的小畫家都傻笑了幾聲。

「原本我們是覺得登記就好，但是老爸老媽既然接受文雅了，我想我也該讓步，迎娶宴客什麼的，就統統奉陪囉！」

張雁鳴贊同妹妹的作法，頻頻點頭，「他們期待妳的婚事已久，尤其是媽。爲了往後家裡的和樂，我很高興妳願意妥協。婚宴所有的費用，哥哥都會負責。」

「就知道四哥最好、最可靠了！」

張蝶語臉上再度浮現甜蜜的微笑，眸光卻閃過一絲狡黠，像隻如願偷吃到罐頭的貓咪，嚇得連城後頸的毛髮都豎了起來。

「你們知道婚宴會很盛大吧？大概就像前年三哥結婚時那樣。文雅害怕成爲焦點，卻又非宴客不可，我擔心他壓力過大，想來想去，只想到一個解決方法。」她的視線忽然轉過來，「連城，再幫我一個小忙吧！」

喔，果然來了！

連城繃緊了神經，無論是要當伴郎，或是要他全天候看守在小畫家身邊，防止小畫家逃走，他都認命了！

「我們一起合辦婚宴怎麼樣？」

總裁嗆到了水，只好由連城來出這一聲，「什麼？」

張蝶語為兩人的誇張表現感到好笑，「你們有什麼不結婚的理由嗎？」

「呃……因為我們才交往八個月？」還是由連城負責回答，畢竟總裁還沒從嗆咳中恢復，連城騰出手幫他拍背。

「對你來說，八個月就跟永恆一樣。」

哇，幾個月前連城的腦中也響起過類似的話，此刻從張蝶語口中聽見，實在巧合得令人毛骨悚然。

「難道你們的交往不是以結婚為前提嗎？還是說，你只是想玩玩我哥，打算將來對他始亂終棄？」張蝶語不懷好意道。

「當然不是！」連城大驚否認，「所謂以結婚為前提的交往，又不是星期五交往，星期六就結婚！」

話說回來，為什麼只有他一個人苦戰張大律師？總裁為什麼不說話？

「我們也不是明天就辦婚宴啊！」張蝶語把手肘撐在桌上，往前傾身，銳利的目光緊緊盯著連城不放，「試問，兩名分別爲三十七歲與三十一歲、經濟獨立、心智健全的男子，在認識半年，交往一年半後步入婚姻，時程算不算符合世俗標準？」

「乍聽合理，但是——」

「婚前交往一年半，用來彼此了解、增進感情算是足夠了吧？」

「沒錯，但是——」

「所謂彼此了解、增進感情，並沒有一定要透過什麼形式吧？但凡兩人分享彼此的時間，共同進行某些活動，都能達到目的。」

「但是——」

「既然如此，兩人一同外出購物，採買首飾服飾贈與對方，或拍攝紀念照片，或設計請帖、廣邀親友參加兩人共同主辦的飯局，這些都能算是正常合理的婚前交往活動吧？」

連城張著嘴，發不出聲音。

「距離我和文雅的婚宴還有將近一年時間，你們在這段期間內共同進行上述籌備婚禮的許多活動，深入了解彼此，也能增進感情，有什麼不妥嗎？」張蝶語伸手指著連城的鼻子，「你唯一能拒絕我的理由，就是你對我哥只是玩玩，不是眞心的！」

「我……我要等我的律師到場才說話……」

「老娘就是你的律師啦！」

妹妹粗魯的自稱之詞令張雁鳴手一滑，夾起的肉片又落回烤網上，他抬起頭，瞪大了眼。

張蝶語假裝沒看見兄長的大驚小怪，繼續朝連城進攻，「聽著，假使你們順利度過籌備婚宴的考驗，覺得你們是天作之合，那便順理成章前去登記。如果覺得還不行，就別登記，繼續以男朋友的身分交往下去啊！宴客又不算結婚，我也沒約你們一起去登記。」

不好，他快要被說服了，這家燒肉店一定有什麼古怪！連城束手無策，目光轉向總裁求救。

張雁鳴稍微推開了餐盤，認眞望著妹妹，「如果我們加入，婚宴只會變得更盛大，賓客更多更複雜，妳想過這一點嗎？」

張蝶語也認眞點頭，「無論婚宴多豪華盛大，只要有你們在，焦點就不會集中在文雅身上，那就足夠了。」

餐後，張雁鳴和連城先行離開。

小畫家憂心忡忡開口：「他們只說會考慮……」

張蝶語微抬下巴，乾掉了杯裡殘餘的酒液，側頭向未婚夫自信一笑，「考慮個鬼，我搞定了！」

✦

今天是連城開車，車停在距離餐廳幾分鐘路程外的地下停車場。

他和張雁鳴並肩同行，穿過馬路，停車場內幾乎沒人，兩人的皮鞋跟敲在水泥地面，製造出小小的回音。

安靜走了一段路，連城忍不住開口，「小蝶的提議，你怎麼看？是不是很荒謬？」

「是、是啊，真的很荒謬。」

他們緊接著進行了一陣關於張蝶語多麼霸道、她的要求如何奇怪、如何違背常理的熱烈討論。

在連城大概第五次使用了「荒謬」這個詞，總裁說了三次「妹妹就是這樣」，他們又安靜下來。

這次的安靜，帶著點奇異的尷尬。

連城把雙手插進大衣口袋，那件大衣是總裁送給他的第一份禮物。

「其實，她說的也不是全然沒有道理。」連城的耳朵在發熱，他假裝沒感覺到。

「她是有她的說服力在。」總裁附和得比剛才快好幾倍。

連城聳聳肩，熱度正往他的脖子擴散，「轉移焦點是雙向的，我們幫忙分散婚宴的焦點，但是在婚宴籌備階段，我們也可以把你媽的注意力推到他們身上。」

「的確如此，異性戀結婚有更多禮俗，我媽喜歡那些細節，不會有太多心力來管我們。」總裁的語調輕快了起來。

「說到這個，同性婚禮都怎麼進行？有些禮俗不適用吧？」

「我想我們可以自行取捨，只留下喜歡的部分。」張雁鳴微微一笑，瞥了連城一眼，「你在婚紗照裡一定好看得不得了。」他的耳朵也有點紅。

連城咧開嘴笑，亮出了白牙，「我喜歡喜餅，尤其傳統的大餅。」

「蜜月當然是去——」

「蘇格蘭！」他們異口同聲，又相視而笑。

「……你想要答應我妹嗎？」張雁鳴小心翼翼地問，心臟撲通狂跳。

「這次我媽眞的會嚇壞，還有其他很多很多人都會大受驚嚇。」連城笑道。

「我倒有點期待。」

「期待驚嚇別人？」連城故意問。

張雁鳴垂下目光，微笑著搖搖頭，又抬起眼，透過長長的眼睫看他，頰邊有一抹瑰麗的紅。

如果說，接受張蝶語的提議，代表未來每天都能見到這樣的笑容，連城不知道自己還有什麼理由拒絕。

他牽起張雁鳴的手，「宴客而已，要不要就……試試看？」

看著連城，張雁鳴想像著未來的各種可能性，而連城輕易占據其中每一幅畫面。他的睡臉，他坐在早餐桌的對面、坐在深夜的沙發上；他偶爾緊張時的胡言亂語、他手心的溫度……他在那座爬滿淡黃花朵的白色涼亭，笑著轉過身來。

看著連城，張雁鳴想著過去的八個月，人生最快樂的一段日子。

張雁鳴回握對方，扣緊了十指，「好，我們試試看。」

對面有路人走過來，但是張雁鳴沒有放手。

只要連城願意，他永遠都不會放手。

全文完

番外一
喜宴之前

「我是妳的親弟弟！」連城對著手機大喊，聲調比平常高了好幾度，「妳沒有其他手足了！這樣還不足以讓妳忍受長途旅行的麻煩，回國一趟參加喜宴嗎？」

他從沙發站起，開始繞著長桌踱步。

「喜宴在年底，我提前好幾個月通知妳和媽，就是想讓妳們多一點時間準備……對，我知道，帶三個小孩搭機不輕鬆，飛行時間很長，會吵到其他乘客，我統統明白，但是你們有三個大人……妳媽知道妳說她是裝飾品嗎？那她也認同妳拒絕出席親弟弟喜宴的決定嗎？」

他繞著長桌走了兩趟，又坐下來。

「哦，妳不是拒絕，只是在表達妳的犧牲有多大？我告訴妳——」連城還來不及告訴他姊姊什麼，旁邊有人咳嗽一聲，他抬頭望過去，張雁鳴做了個手勢，劫走他的手機。

「姊姊，我是雁鳴。」

手機的音量開得很大，連城聽見電話另一端的女魔頭忽然變身爲嬌羞少女，他頓時悔恨交加，早知道就開視訊，自己翻的大白眼才能被對方看見！

「是的，我們都很高興……籌備得很順利，不會取消。」總裁在沙發扶手坐下，高度正好，連城順勢拿下巴抵著他的大腿，目光往上抬，對總裁講電話的懷柔態度表達強烈的抗議。

張雁鳴勾起唇角，空出一隻手，放在連城的頭頂輕輕揉動。

「姊姊不必擔心搭機的問題，我會派專機去接你們。對，私人飛機，專業保母隨行，姊姊如果還有其他需求，隨時可以提出來……我也希望能親自過去接你們，但是——」

不能忍了！連城伸長手，搶回手機。

「不要得寸進尺，他沒有空啦！」

結束這通電話後，連城對未婚夫滿懷歉疚。

「你不需要那麼做，她們一家搭過國際線飛機，根本沒有問題，她只是習慣放大她自己的一點小麻煩。」

「花錢能有效解決的問題，就不要再花費精神或時間煩惱了。」張雁鳴走回辦公桌，從桌上堆疊的文件當中抽出一份，遞給連城。「我們組了一個團隊，在你的母親還有姊姊一家人回國期間，全程接待。」

「這個，」連城驚訝地翻動手裡的資料，裡面大多是履歷表，「真的會寵壞她們！」

「你知道我寵的不是她們。」

對，連城知道，總裁是愛屋及烏。

「婚宴當天，甚至前幾天，你會忙到分身乏術，沒辦法親自照顧到所有的人。」張雁鳴分析。

連城同意總裁說得沒錯，他可以接機，陪吃飯，偶爾扮演導遊。但是要伺候到讓他的家人毫無怨言，開心滿意，至少在婚宴前後的這幾天，憑他一個人是辦不到的。

「誰叫你既是新郎，又是小畫家的伴郎。」張雁鳴話裡最後幾個字帶著明顯的笑意。

連城嘆了口氣，萎倒在沙發上。

他很願意擔任小畫家的伴郎，眞的！他很早就預見到這個可能性，小畫家老早就和家人斷絕往來，又沒什麼朋友，他不出手相助，還有誰能幫忙？只是他沒料到自己必須同時擔任伴郎和新郎，更猜不到的是，大夥兒竟然湊不齊女方要求的伴郎數目。

六名伴郎，難度之高，超乎想像。

連城、莊孝謙和楊大廚，是絕對沒問題的基本人選，接著就往小畫家的同業朋友、畫廊員工尋找。過程並不順利，有人生肖沖到新娘或新郎，有人新婚不久，有人擔任伴郎次數已達極限……各種禁忌全都遇到了。

努力至今，還缺一個伴郎，連城開始認眞考慮聽從安東尼的建議，從人力仲介機構聘僱。

連城的伴郎道路小遇阻礙，身爲新郎的部分倒進行得穩當快速，宛如一台高速列車，奮勇猛進，勢不可當。

他們初次對家族以外的人宣告彼此的關係，是在過年後，二月底，總裁派系慣例的早餐聚會上。

連城和張雁鳴老早就在餐桌上一面等著，一面享用現磨咖啡。親信們陸續抵達，看見連城，眼裡的驚訝都是倏忽即逝。他們知道連城是張蝶語的男友，總裁疼愛妹妹，猜想應該是有什麼工作上的安排要交代，像是把連城安插進家族企業，所以並不覺得奇怪。

直到總裁刻意牽起連城的手。

遲鈍的人不可能坐上這張早餐桌，所有人馬上都明白了。

李志承是第一個對此做出反應的人，他看向連城，「原來你不是駙馬爺，而是……是……」

「是什麼？」總裁警告地瞇起眼。

李志承的喉頭動了動，把話吞了回去。連城懷疑對方本來想叫他皇后娘娘，但是他沒有證據。

「兄弟！」李志承機靈地張開雙臂，給連城一個熱情的擁抱，「我眞是太爲你感到高興了，恭喜啊！」

總裁的心腹大將們一個個上前向連城遞名片自我介紹，不是每個人都來擁抱這一套，但是或熱情或恭謹，友善的程度並不遜於李志承。

哇，向一群必須支持自己的人出櫃，感覺眞不賴！連城有些飄飄然。

稍晚，總裁私下告訴連城，萬禧飯店總經理那番驚奇作態過於刻意，李志承應該老早就知道他們之間的情事。

便利與隱私難以兼得，張雁鳴選了後者。

當天張雁鳴便火速搬離了飯店，遷回自宅。他不喜歡連城的每一次出入，都落在員工的眼皮底下。

✦

隔日，以萬歷的公關部門爲主，相關人員被召集過來開會，正式爲總裁的出櫃兼婚訊發布研擬對策與流程，愼重得像在處理什麼大公司的併購案。

再隔兩天，會議又召開一次，加入更多成員，進行了幾乎一整天。

再之後，連城就停止計算了。單憑他的感覺來看，整個三月都被族繁不及備載的大小會議塡滿，甚至到現在也還沒有完全止歇。

四月初，他們終於挑了個良辰吉日，向外界發布消息——不是出櫃，因爲萬歷總裁不需要向任何人交代性向，而是分享他的訂婚喜訊。

那是一顆七彩繽紛的炸彈，炸出後續所有的熱鬧。

天下太平也有壞處，這件事成了那陣子最大的新聞，連城隨便在網路上閒逛或打開電視，都可能撞見自己的臉出現在上面。他可不會承認，有時候，那確實嚇了他一大跳。

總裁的日子如常地過，鎂光燈、報導、評論與八卦，是萬歷張家的家常便飯，需要忙碌應對的都是下面的人。

老百姓連城和三隻羊也有萬歷公關部門的協助，雖然記者的猛烈攻勢不免爲他們造成些許困擾，整體來說還算適應良好。

只是餐廳裡裡外外不是擠滿了媒體，就是湊熱鬧的民眾，許多人進三隻羊用餐也並非爲了美食，實在徹底踩爆了楊大廚的地雷。他鬥志高昂，在廚房揮舞著鋒利的切肉刀，誓言要用精湛廚藝征服所有不識貨的新客人，要他們一試成主顧，再也離不開三隻羊。

連城無法決定楊大廚的最後一句話，是豪壯還是驚悚意味居多。

◆

連城自己也遇過刻意想激怒他，藉此拍下一點精采畫面的無禮媒體。

「連先生，有人說你看上的只是萬歷總裁的財富，對於這樣的指控，你有什麼話說嗎？」

有人說？明明就是你吧！

那個堵在餐廳外的記者把麥克風往連城的臉上戳，問話直接，完全不怕得罪萬歷，連城其實有點佩服。

「我感到痛心疾首！」連城揪緊眉頭，語氣凝重。

團團圍在一旁的記者群都興奮起來，錄影設備朝他舉得更近。

「任何一個做出那種不實指控的人，都應該立刻去掛眼科，他們究竟把總裁的美貌置於何地？人不能只注意錢，還要看臉啊！」

部分圍觀的群眾感到錯愕，但是絕大多數都爲連城的這番回應笑出聲音，甚至鼓掌歡呼。

「哎，先別提那個了，這裡是小弟開的餐廳，打卡用餐，就送開胃小點心，」連城變臉奇快，一瞬間笑容滿面，開始往每個記者的手裡塞名片，「若是媒體朋友們賞光，再打九折喔！」

整段影片在網路上獲得了驚人的點閱數字和熱烈的迴響，有人說他幼稚，或是輕浮，也有許多人大讚他說得好。連城沒空細看那些評論，因爲他的手機跳出了總裁的訊息。

「謝謝你看見我的美貌。」

連城快速回覆，「不止喲，但是講了會被消音，或是害別人沒辦法教小孩，所以我拚命忍住沒說。」

句末還附加上一大串愛心圖示。

「我大概晚上八點到家，你來嗎？」過幾秒，總裁又傳來一句，「會被消音的話，你可以當面說給我聽。」

連城丟出一個熱切點頭的貼圖，對著訊息又傻笑一會兒才收起手機。

大眾的反應，甚至親朋好友的想法，連城都不太放在心上。

當時他只在乎老夫人的態度，說得更精確些，他在乎老夫人的態度對總裁造成的影響。

總裁很想要得到母親的支持，連城很想要總裁如願以償。

消息公開幾天後，老夫人上電視接受專訪，談她創辦的藝文基金會。

訪談後段，主持人「不經意地」提起這樁引發全台熱切關注討論的大事件，小兒子既出櫃又訂婚，身爲母親的張老夫人心情如何，以及有何看法？

連城也在第一時間收看專訪。螢光幕上，老夫人穿著紫羅蘭色的長洋裝，燙出精巧彎度的長髮挽在頸側，簪著一朵也是紫色的花；打光和妝髮恰到好處，減掉了好幾年歲數，讓她看起來高雅慈愛，還彷彿充滿智慧。

她侃侃而談，說自己如何為小兒子感到驕傲，如何支持兒子出櫃的決定與婚姻對象的選擇。她對連城讚不絕口，稱他是第五個兒子。

主持人當場從網路上找到萬歷釋出的蘇格蘭旅遊照片，裡頭有多張連城和張家二老互動的畫面。一面瀏覽那些照片，老夫人一面解說照片是在哪裡拍攝，以及照片中的他們又在做些什麼。

整段節目都是事先設計協調過的，為了塑造老夫人開明溫暖的形象，老夫人所言並非她真正的想法。然而，當老夫人回憶過往，重溫旅遊期間的各種心情，似乎又讓她重新感受到那時她對連城的由衷欣賞與喜歡。儘管老夫人口中那些稱讚連城的好聽話，依然是出自別人事先寫下的稿子，熟識老夫人的人卻能聽出逐漸滲進話音當中的真誠。

訪談受到普遍的好評，總裁的特助們收集了眾多正面的反饋呈給老夫人閱覽。據安東尼說，老夫人非常喜愛自己這個廣受讚揚的新形象。

這場熱鬧大概持續了一個多星期，後來被一樁演藝界的性醜聞給沖淡。

到了現在，媒體對張雁鳴和連城的興趣已經轉移至婚宴本身，比如張蝶語的婚紗婚戒出自哪一位時尚大師之手？哪些藝人名流將受邀出席？用什麼方法才能偷看到總裁的婚紗照？

✦

有件要事得等著連城做決定。

他在沙發上直起身坐好，放在他面前桌上的是喜帖的設計稿。

一共有十六個版本！

「挑一兩個你滿意的。」

總裁的要求可不容易做到，連城看來看去，覺得紅色喜氣、粉色柔美、寶藍高雅、金色華貴，都是好選擇，但是他沒傻到直接說出來。

多年前，連城的姊姊也為了籌備婚禮忙碌傷神，壓力累積多了，就會打電話跟親弟弟抱怨。

連城耐心聽著，就是不懂，準姊夫脾氣好，又疼未婚妻，事事都依她、都說好，到底姊姊還要氣什麼？

「是啊，這個也好，那個也好，問什麼都回答『隨便』、『都可以』、『挑妳喜歡的就好』！天殺的混蛋！如果真的沒意見，隨便都好，就給我認眞一點，選出你覺得你親愛的另一半會喜歡的選項啊！不做選擇比做出爛選擇更可恨！」

老姊的怒吼，無論何時回想起來，連城都感覺自己的耳朵被震得嗡嗡作響。

「將來你結婚的時候，要是也同一副死樣子，我就代替你老公掐死你！」她還這麼警告他。

「哈哈，我這輩子都不打算結婚呢！」

言猶在耳，看看他此刻在幹什麼？

姊姊的說法有欠公平，卻提供了一個極好的方向。連城認眞看過每一張設計稿，愼重挑出他認爲符合總裁喜好的兩款。

不是害怕修養極佳的總裁生氣，而是想看對方嘴角浮現的淺淺微笑。

張雁鳴看了連城挑中的設計，嘴角抿了抿，又微微揚起，彷彿看透他的意圖，卻藏不住心裡的喜歡。連城現在是眞的對自己的選擇感到滿意。

總裁接著向連城催討喜帖的郵寄名單，又給他看地政士的進度報告，說是三隻羊所在的那棟大樓已經完成登記，移轉到他的名下。

連城承諾明天會交出名單，至於那份進度報告，他依然爲此深感心情複雜。人生的第一筆不動產，是總裁送給他的結婚禮物，實在是太出乎意料。

一開始連城打算婉拒，但是三個哥哥告訴他，張家每個配偶都會獲贈不動產作爲保障，爲了公平和整個家族的和諧，希望他不要開拒絕的先例。

所以連城同意了，爲了省麻煩。然後總裁的律師又來跟他解釋婚後財產制和總裁的遺囑……

天哪！遺囑？

他覺得自己應該聽了有三天三夜那麼久，要忍住呵欠從來沒那麼困難過。

簡單來說，連城會在婚後享受優渥奢華的生活，如果總裁先他過世，他能得到法律要求的最低保障，離婚的話則是什麼也沒有；至於萬歷的經營大小事，無論在哪個時空都與他無關。

以上，是大嫂鄭寶妍的白話解釋。難怪大家都很在乎禮物、保障之類的。

「很公平，我也要立個遺囑，不讓四哥得到我的餐廳和我的、我的……」連城苦思了一會兒，「我的隨便什麼啦！」

鄭寶妍嘻嘻笑著，介紹她的律師給連城，而他也眞的立下一份有效遺囑，還拿給總裁過目。

他記得總裁讀過一遍後，朝他瞇起眼，不太爽快。

「爲什麼楊大廚得到的遺產比我還多？」

「因爲你可以在我活著的時候得到我？」

「哦，」總裁微微一笑，「說得不錯，可以接受。」

✦

「明天中午是第一階段試菜，你想參加嗎？」

「嗯？」連城慢了半拍回神。

總裁重述了一次，又說：「我建議我們最後階段再去吃，比較省事。」

「最後階段？一共有幾個階段？」

「難說，要看主廚的尊嚴和我媽的氣焰什麼時候達到平衡。」

張雁鳴接著給他一疊又一疊的文件，包括婚宴主題、宴席場地設計初稿、流程表、承攬廠商列表……

連城讀著那些文件，努力跟上進度。

婚宴主題是一組看不懂的法文，反正一定是很好的意思，他看過就拋到腦後。宴客場地在萬禧飯店，三個最大的宴會廳連成一氣，還納入飯店中庭，整個場地大得驚人。根據圖面，一株彎曲得極具藝術感的大樹是設計重心，大樹枝繁葉茂，底部是個花團錦簇的平臺，往上有好幾處和枝葉巧妙融合的較小平臺，一座纏繞樹幹的葉狀旋轉梯將它們串在一起。

連城正要詢問步梯和平臺的用途，總裁遞過來一張紙，上面寫著表演者名單和演出曲目，有室內樂團、聲樂家、鋼琴家等專業人士。

「嘿，我記得這個人，我們聽過他的音樂會對不對？」連城指著聲樂家的名字，「我沒在過程中睡著，足以證明他的出色。」

「所以你喜歡？」

連城一笑，「當晚你也問過，我記得我徹底表達了喜愛與謝意。呃，那時我是怎麼說的呢……」

他歪著頭，假裝思考，瞄向總裁的眼神不能更曖昧。

張雁鳴並沒有忘記。音樂會後他們回到飯店套房，一點紅酒，一池熱水，雪白芬芳的肥皂泡泡沾在赤裸的肌膚上，隨著激烈的肢體動作往四周逸散，連城稱讚那名聲樂家的嗓音是世上第二美妙，就在他發出高潮叫聲之後。

熱氣湧上雙頰，張雁鳴急忙噓他，「辦公室的門開著！」

連城伸長脖子往門外張望。總裁辦公室外面是祕書室，包括特助們的座位，通常一共有六或七人在那裡。

「我一直覺得奇怪，爲什麼每次我來你的辦公室，你都要把門打開？」

「讓門開著，是爲了避免外面的人以爲我們正在做……做關起門之後做的事。」

「如果我想要做關起門之後做的事呢？」

他們不必眞的做什麼，張雁鳴的臉就紅了。

外面的祕書室終於有人揚聲，「聽見你說話的內容了喔！」

是安東尼的聲音。

「你覺得我怕你聽見嗎？」連城回喊道。

顯然總裁不能同意，他嘆了口氣，甩上了門。

門是關了起來，連城的辦公室幻想卻沒有得逞。不過在他離開之前，宣稱文件裡有看不懂的內容，成功把總裁拐到門邊，趁對方湊過來細看時，當著所有祕書室人員的面，往未婚夫的唇上偷了一個吻。

「小心我禁止你踏進這棟大樓！」

在總裁毫無效果的威脅與員工們的竊笑聲中，連城一面送出飛吻，一面笑著逃進電梯。

✦

五月中旬，經過平和溫馨、無人再次做出驚異宣言的母親節聚餐，連城和張雁鳴飛了一趟倫敦，訂製喜宴需要的行頭。

只有彼此，沒有助理，或任何一方的親人同行，這是一趟自在輕鬆的心靈綠洲之旅。

不在店鋪裡量身、選料的時候，他們就只是一對漫無目的的悠閒觀光客。

五月是倫敦春天的尾端，乍暖還寒。太陽不露臉的日子，他們會賴床得特別久，將近中午才在窗邊享用一頓熱騰豐盛的早午餐，然後整個下午也許都不出門。

正是在這樣一個天空灰濛的日子，窗臺的粉色杜鵑迎風搖曳，張雁鳴在早餐茶和煎培根之間向連城提出了建議。

「回國之後，我想要讓仲介找一間適合我們未來生活的房子，如果你同意的話。」

張雁鳴還穿著睡衣，戴著眼鏡，頭髮散在前額，窩在餐椅裡的姿態略顯慵懶，凝視著連城的眼睛裡卻沒有一絲睡意。

連城驚訝地煞住手上的動作。

如果詢問一百個人，一百個人都會認定是連城必須打包搬家，住進張雁鳴的領域。總裁擁有更大更豪華的房子，經濟實力更強，也更忙碌，無論怎麼說，要依附、配合和遷就的都該是連城那一方。

但是張雁鳴偏偏不那麼想。

「我不希望你是搬進『我的家』，在陌生的格局裝潢和家具當中花時間慢慢適應。再說，那些根本也不是我做的決定。」

連城知道當初作主的是老夫人，因爲以前的總裁並不在乎，之後也才會搬進飯店套房長住。

「我想要和你一起住進我們的家，一起選定裝潢、挑選家具。」總裁的臉有點紅，然而他沒有移開視線，「我知道我這話聽起來大概很……很……」

「很貼心。」連城微笑著接過話，伸手越過桌面，握住張雁鳴的手，「謝謝你爲我著想。」

理論上，應該要有人出聲提醒，讓他們想起，他們先前做下的決定只到宴客，並未包括登記結婚，而買房是結婚才會做的打算。

可是他們沒再多說什麼，而是動起刀叉用餐，偶爾端起瓷杯飲了口茶；更多時候，他們抬眼四目相交，微微一笑，空氣中瀰漫著杜鵑花香，以及一絲與食物無關的甜味。

✦

結束了短暫而美好的倫敦之旅，回國後是另一階段忙碌的開始。

三隻羊不再需要繳付店租，二號店又在同時期正式動工，於是連城多雇了人手管理，用金錢換取時間。

又過幾天，連城陪伴小畫家拜訪小畫家學生時代的恩師，請求對方擔任男方主婚人，同時繼續尋覓第六位伴郎。

最後，連城把看房、買房、打包和搬家加進未來的待辦事項清單。

其實也不是多遠的未來，他們的購屋條件明確，又無預算上限，找房真的好快，一眨眼，約就簽了，連城的名下又多出一棟房子。

現在他終於更懂張曉峰在倫敦對他訴說的煩惱。密切和豪門來往，實在很難不同時和一大堆金錢牽扯在一起。

幸好他的未婚夫裡裡外外充滿迷人的優點，世上根本不可能有人只愛他的錢。

✦

七月，一年當中最炎熱的時節和連城最期待的活動一同到來，他們終於要決定喜餅了！

雖說有張延齡夫婦同行，不如他和總裁兩人自在，但是老夫人做決定，總裁付錢，他和張延齡負責喝茶吃點心，其實更符合連城純粹想大快朵頤的目的。

張延齡吃得不多，總裁母子只挑感興趣的吃個兩口，到後來都是連城在吃。有些店家太殷勤，盤子空了立刻補滿新的，連城也不客氣，又吃了個盤底朝天。

老夫人都佩服他的能耐，「這麼能吃，吃出什麼心得沒有？」

連城笑道：「不能怪我，是您眼光高，挑的幾家都太好吃，我欲罷不能。」

「哎喲，拍馬屁！」老夫人橫他一眼，掩嘴笑了一下。

連城還沒回到假女婿時期在老夫人心中的地位，但是進展不錯，他猜他現在大概已經擠到了大嫂旁邊。

拿齊了喜餅喜帖，連城帶著張雁鳴走了一趟南部老家，告知自己的婚訊，並且邀請大家參加。

祖父母和伯叔姑姑都客氣地婉拒了。連城不否認自己鬆了口氣，他和老家眾人只是不親，他們和連城的母親卻是嚴重不合，別在喜宴上狹路相逢是最好。

十一月底，連城匆匆走進空蕩的總裁辦公室，一陣東張西望。

「啊哈！」他發出勝利的歡呼，抓起遺忘在沙發角落的粉紅色紙袋，裡面裝著要送給莊孝謙女兒的獨角獸玩偶。

他又匆匆走出總裁辦公室。

外面的祕書室只剩兩個人，Chris在穿外套，公事包擱在收拾整齊的辦公桌上，正準備離開；然後是佐久間，他在座位上拆開一包洋芋片，馬克杯裡的咖啡冒著蒸騰熱氣，似乎剛剛沖好。

連城停下了腳步，「……你要一個人留下來加班嗎？」

Chris抓住公事包的手頓了頓，也把視線投向佐久間。他這位同事不是第一次在下班後獨自留在辦公室，他從來都懶得關心，但是既然連城問起，且連城現在的位階跟他的老闆一樣，他不想當著連城的面轉身先走。

「喔，不是……」佐久間有點尷尬地放下零食，卻因動作太急，撒了一些出來。他又急忙從身上撿起較大塊的洋芋片吃掉，再拍開其他碎屑。「我的室友今天要帶女朋友回去住，他說，屋裡如果有其他異性，女生會不自在。等再晚一點，他們都睡了，我就可以回去了。」

連城揚起眉，對自己聽見的答案感到難以置信。

Chris歪了歪一邊的嘴角，「那間屋子看來不是只有冷氣不夠強這個缺點。」

「我沒關係的，忍耐幾個晚上就好。」

「幾個晚上？不只一晚嗎？」連城的眉毛微微皺起。

「總不能限制情侶相處的時間嘛！」

「但是他們可以限制你回家的時間？」連城瞪大了眼睛。今天臉部的肌肉眞是運動量充足呢！「你沒想過搬離現前的租屋處，一個人住嗎？」

佐久間用力搖著雙手，「一個人住負擔太大，我、我沒辦法啦！」

「嘿，」連城忽然有個好主意，「爲什麼不搬進我的公寓呢？」

自從總裁搬出飯店，連城就沒怎麼回三隻羊樓上睡了。雖然張雁鳴沒說，但是連城知道總裁一個人住大房子容易寂寞，所以盡量陪著他，只在白天過去公寓整理打包，準備日後正式搬家。

特助們當然都知道這一點，也知道公寓已經屬於連城，總裁不會干涉他如何運用。

「眞、眞的可以嗎？」佐久間緊緊抓住零食袋子，剩下的洋芋片都要被他的手指捏碎了。

連城聳聳肩，「好好一間公寓空在那裡，也是浪費，爲什麼不能租給你呢？還省了篩選房客的麻煩。」

佐久間在三個特助裡年紀最輕，比連城還小幾歲，性情開朗、誠樸，連城很喜歡他，覺得他就像自己從未有過的弟弟，忍不住就想多加照顧。

「你現在付的租金多少，同樣數字給我就好。」連城不缺錢，很可能永遠都不缺錢，所有人也都知道。

「謝、謝謝你，連老闆！連大哥！」

「啊！不過樓下餐廳的主廚有時會入侵你家，逼你吃他做的菜，麻煩多擔待一下，就當房子鬧鬼，所以租金遠低於行情。」

「竟然還有飯吃嗎？」佐久間感激的淚水簡直下一秒就要泉湧而出。

連城轉過頭，對Chris解釋，「我不是在抓交替喔。」

Chris只是陰惻惻地笑。

連城往口袋摸索一陣，掏出鑰匙，拋給佐久間，「這副鑰匙你拿著，今天就可以住進去。我可能還需要回去個兩三趟收拾東西，鑰匙我先用總裁的，搬完再交給你。」

聽連城說到張雁鳴，佐久間忽然想起一件不知道該不該提的事。

「可是……公寓的臥室，是……是你和老闆那個……那個……沒有關係嗎？你們不、不介意嗎？」

連城花了幾秒才弄懂他和老闆的那個是哪個。

「你如果介意，在我換掉寢具之前，可以先睡客房。不過你多心了啦，我跟你家老闆都是蓋棉被純聊天，所謂的『那個』，我們決定保留到婚後，跟大部分未婚情侶一樣。」純情大男孩太可愛，連城實在忍不住要說笑。

佐久間明顯鬆了一口氣，「原來是這樣啊！」

說笑歸說笑，連城本來可沒有預期對方會相信。

Chris嗤地一聲笑，「就跟你說他是處男吧！」

「我不是處男啦！」

✦

十二月初，連城和張雁鳴第三次來回倫敦，帶著終於完成的所有訂製品。

隔週，距離婚宴剩下兩天，莊孝謙和楊大廚在三隻羊爲連城舉辦慶祝派對，邀來了連城的許多朋友同學，還有餐廳的員工與熟客。

那是個非常熱鬧的夜晚，餐廳門口掛起了休息告示，裡頭懸掛著彩色橫幅，飄滿金色汽球，跟聖誕節裝飾的紅紅綠綠混在一起，竟然並不難看。

按照要求，連城和張雁鳴是最晚抵達的一組，在眾人的歡呼、掌聲和響亮的口哨聲中進門。

他們的心情都很輕鬆。小畫家的最後一位伴郎總算覓得，連城的母親和姊姊一家也被順利迎進萬禧飯店，有專業團隊伺候。婚宴萬事俱備，剩下的就是享受忽高忽低、被興奮與焦慮輪流輾磨的心情，以及朋友們的祝賀與歡笑。

當然還有楊大廚所提供的豐盛美食，只要忽略混雜在其中的焗烤蘆筍、黑胡椒烤蘆筍、清炒蘆筍和蘆筍冷湯四大天王。

爲什麼蘆筍的出現頻率這麼高？有特殊的用意嗎？

因爲是兩位新人的定情食物啊！楊大廚總是這麼回答。

大概到第五個人來求證時，連城已經懶得解釋，只管笑著點頭了。如果哪天有人要拿蘆筍討好總裁，死活自負，可不是他的問題。

除此之外，友情畢竟可貴，不擅烘培的楊大廚爲老友烤了個大蛋糕，秀了一手專爲今日苦練的擠花技術，鮮奶油玫瑰花綴滿了蛋糕體，上頭有兩個表情滑稽的新郎手牽著手。

負責購買裝飾人偶的員工告訴連城，一共買了兩對人偶才湊齊兩個新郎，內場的桌上還躺著一對新娘。

連城和張雁鳴也牽著手在蛋糕後方和每個人合影留念。正式婚宴當日冠蓋雲集，據說許多人都打算吃了飯就閃人，不敢和新人互動。所有親友們想在婚宴上做的事，都提前至今晚，包括上臺演說致詞，抖出大批連城過往的糗事趣聞。總裁毫無困難地決定這是他最喜歡的環節。

派對進入第三個鐘頭，楊大廚宣布開始玩遊戲時，張雁鳴不由得緊張起來，見他們拿出乒乓球，排列起塑膠水杯，之後又開始進行激烈的猜謎對戰和比手畫腳，他才放下心。

畢竟不是張鳳翔那個圈子，而是一群心智年齡遠低於實際年齡的大孩子在享受一段歡樂時光。

張雁鳴觀戰了一陣，悄悄推門而出，站到餐廳外的人行道上，冷空氣包圍過來，將他吁出的一口長氣化爲淡淡白霧。

這場派對沒有什麼不好，只是喧鬧的氣氛向來不合他的喜好，他的人生已經經歷過太多不得不參與的社交場合。

但今天不一樣，他有一籮筐理由可以拒絕，但是他絕不會那麼做。今天是連城的場子，連城開心享受，那就足夠了。

冷風忽起，張雁鳴縮了縮頭子，正考慮是否返回溫暖的室內，風又乍然停了。不，不是停了，是吹不到他。他轉過頭，連城悄無聲息地來到他身旁，雙手插在大衣口袋裡。

他看著連城的髮絲被風吹得飛起，然後往各種奇怪的角度散落下來。

本來他想伸手幫忙撥弄整齊，又覺得這樣亂亂的也挺好看。

「我被淘汰了，對手太陰險狡詐。」連城笑著解釋。他喝了好幾杯水果酒，臉頰也紅潤得像顆水果。

玻璃門的另一側隱約傳來笑鬧聲，張雁鳴記得自己離開時，裡頭正進行的遊戲是

《馬力歐賽車》，他的侄兒姪女們也很熱衷於這款遊戲。

「在看什麼？」連城問他。

張雁鳴努了努下巴，視線落在斜前方的人行道邊緣。大樓的陰影落在兩盞路燈中間，一塊光線照射不到的角落。

「當時我就站在那個位置，第一次聽見你說喜歡我。」

「然後你轉身就逃，把我嚇個半死。」

張雁鳴帶著笑睨他一眼，「是你先驚嚇我。」

連城露齒而笑，不打算爭辯。

張雁鳴抬起頭，明月高掛，視野範圍內沒有半點雲朵的蹤跡。持續超過一週的陰雨綿綿在昨晚正式結束，冷歸冷，卻舒適得多。根據氣象預報，未來幾日都是類似的乾冷晴朗天氣，太陽也會露臉，包括他們的大喜之日。張雁鳴不太驚訝，他覺得連城把所有的好運和幸福都帶到了他身邊。

他低下頭，從口袋拿出一個午夜藍的方形盒子。

「今天早上快遞把這個送到了辦公室。」張雁鳴打開盒蓋，同樣顏色的絨布上躺著兩枚金戒指。

連城拿起其中一枚，湊到眼前，細看戒指內緣的刻字，那是兩個人的姓名縮寫和日期。戒指樣式很簡單普通，沒有大費周章請人專程設計，甚至可說不太起眼。

不過，他知道一個讓戒指變得價值連城的方法。

連城拉起張雁鳴的左手，感覺到對方站直身體，微微屏住了呼吸。戒指剛碰到張雁鳴的指尖，連城猶豫了，「應該先戴表示訂婚的中指，之後再換戴到無名指嗎？」

張雁鳴呆了一呆，答不出來。他輕咬著下唇，忽然感到懊惱，「我們是不是應該多買一對？訂婚和結婚的戒指可以是同一對嗎？」

「呃，不知道……等一等，我上網搜尋……」連城拿出手機，剛想搜尋，又把手機收回去，「管他的，我們高興就好！」

他重新握住未婚夫的手，抬起視線。張雁鳴點點頭，回以微笑。他輕輕一推，戒指滑進對方的左手無名指，完美貼合，好像它本來就該在那兒。

然後他們換手，連城的無名指也套上了一圈金澄。

「現在可以親吻我的新郎了。」連城笑著對自己宣告。

他歪過頭，吻了張雁鳴一下，又一下，到第三次時，張雁鳴笑了一聲，抬手捧住連城的臉，不放他走。

兩人額頭相抵，張雁鳴的手指來回摩娑連城的臉頰，眼角捕捉到一絲金光。他微微偏頭，看著月光在戒指邊緣游動，唇角隨之揚起，「感覺有點像私訂終身。」

「沒有喔，大家都看見了！」

背後傳來的聲音嚇了他們一大跳，張雁鳴鬆開手，兩人各自退開半步。餐廳的玻璃門和窗戶後方擠了好多張笑臉。

人群中，楊大廚舉起手機，吶喊道：「拍到超讚的畫面啦，我要賣給電視台賺大錢！」

「想都不要想！把手機交出來！」

連城轉身衝進去，楊大廚拔腿逃跑。

兩人在餐廳內你追我跑鬧了一陣，最後在莊孝謙的協助下，總算押著楊大廚交出照片。

憑良心講，照片拍得還眞是不錯。

✦

派對結束後，他們一起回到裝潢完工的新居。連城跟在張雁鳴身後，把最後一只行李箱拖進門，搬家大功告成。

屋子裡黑漆漆的，只在玄關亮著一盞昏黃小燈，連城被浮在前方低矮處的人臉嚇得尖聲怪叫，高高跳起來。

總裁摸到大燈開關打開，定睛望去，原來那是他們的婚紗放大照。

那張照片是最後一個棚內景，一整天的拍攝已近尾聲，每個人或多或少都顯出疲態。他們坐在角落長椅，等待攝影師指揮助手調整燈光，總裁打開了筆電辦公，連城靠在他的肩頭閉眼休息，兩人都穿著禮服，領結鬆開掛著，同時鬆開的還有連城的兩顆襯衫鈕扣。

聽見攝影師叫喚時，連城迷迷糊糊睜眼，見到鏡頭，立即的反應就是微笑，那是他這幾個月來養成的習慣，然後他聽見快門聲。

總裁在照片裡沒有笑容，而是對著鏡頭蹙眉，彷彿不高興有人打擾連城休息。照片經過後製，很得連城的眼緣，和其他十來張都放大做成無框畫。搬家時兵荒馬亂，這邊拆一點，那邊堆一些，放大照送過來時他直接在玄關驗貨，欣賞過後隨手亂放，匆匆出門參加派對，回來時忘得一乾二淨，最後竟嚇到自己。

總裁朝連城投去意味深長的一瞥，眼裡的打趣意味不言可喻。當初他就不是很贊成連城選照片的風格。

「我不是被嚇到，是擺放的位置不好！」連城拿起照片，跟在總裁身後進屋，並爲自己的糗態開脫，「這是一張好照片，我第一眼就喜歡，就像我第一眼就愛上你。」

張雁鳴笑著搖頭，「你才沒有第一眼就愛上我。」

「喔，我有！」

「不，你沒有，你第一眼見到我就嚇呆了。」

「我才沒有嚇呆。」連城反駁道。

「喔，你有！」

「不，我沒有。」

他們一路拌嘴，走過客廳、樓梯、第二個客廳，走過他們一起決定的裝潢、一起挑選的家具，直到臥室房門在身後關上。

婚宴就在兩天後。

番外二
喜宴之後

這絕對是一輛戰車，而他們正在前往戰場的路上，這就是張雁鳴此刻的感覺。

在他身旁，連城手握方向盤，興奮得臉泛紅光，像個剛拿到新玩具的小男孩，要不是靠安全帶勉強固定，似乎就要在駕駛座上蹦跳起來。

「眞不敢相信哥哥他們竟然送你一台這麼招搖的……的……」坦克？怪物？變形金剛？張雁鳴根本不確定這輛車該怎麼稱呼或分類。

「全地形多功能裝甲越野車！」連城朝他咧嘴一笑，笑容燦爛得幾乎刺眼，「大哥問我心目中的夢想車款時，特別交代過不要考慮現實狀況嘛！」

當時連城以爲那只是隨口閒聊，畢竟車子是張龍騰最愛的話題之一。如果事先知道對方是在爲送禮做打算，或許他會實際一點，挑款適合日常使用的房車，而不是這輛移動堡壘。

不過，現在的他可沒有半點怨言。

連城拍了拍方向盤，「看看這頭野獸！你不覺得它是所有愛車人的夢想嗎？不僅外型帥氣，還全車防彈，底盤甚至能擋手榴彈。」

手榴彈？

張雁鳴都不知道他們需要擔心手榴彈。

「而且這傢伙馬力強大，性能卓越，可以征服所有環境，我們絕不會再次陷進道路兩旁的泥濘。」

連城說著，順勢朝窗外一擺手，蘇格蘭的高地景致正往車後方飛馳而過。

是的，他們又來了。

不到二十四小時之前，他們送走了婚宴的最後一組客人，直接跳上飛機，展開爲期三週的蜜月旅行。

蜜月首站就是蘇格蘭高地，他們說好一定要再次造訪那間對兩人有紀念意義的鄉村小旅館。

車行路線也和兩年前一樣，高地的蒼涼美景依舊，只不過這回隔著六公分防彈玻璃、超厚鋼板車體，別說十二月底的冷空氣，就算下起冰雹，大概也不能撼動這輛怪獸半分，和當年坐在敞篷大開的跑車裡相比，感受截然不同。

想起今晚的住宿地，那間雖然有點古怪，有點老舊，卻充滿濃濃人情味的鄉村小旅館，張雁鳴不解地問：「爲什麼他們沒有兌現我開的小費支票？」

總裁對這件事耿耿於懷，已經抱怨數次，連城只覺得好笑，「你追蹤你的每一筆小費支票嗎？」

總裁瞄他一眼，「你明知道我爲什麼在乎那間小旅館。」

「眞的嗎？我不確定我知道耶？」

連城就是想聽總裁親口說出來，像是在小旅館的那一晚發現他的好處，覺得他值得依賴，從此愛上他之類的甜言蜜語。

張雁鳴偏偏不稱連城的心意，「因爲半夜有人爬上我的床，是史無前例的嚴重騷擾。」

「那是因爲有人抱怨床墊下有豌豆！」

「床墊是眞的有問題！」

「對啊，豌豆的問題——哎喲！」連城的手臂冷不防被總裁砸了一拳頭，他怪叫一聲。車子防彈，不過可擋不住內部攻擊。他笑著揉揉手臂，「小心點，別害我開進溝裡。」

「我以爲這頭野獸可以征服所有的環境。」張雁鳴引用連城剛說過的話，還故意學他的語氣。

「它可以。」連城微微鼓起臉頰，「但是我不想破壞這條美麗的道路。」

✦

沒過多久，車便開到了兩人當年的遇難地點。連城靠邊停車，興致高昂地下了車，四處探看，拿手機拚命拍照留念。

張雁鳴跟在他身後，回過頭望，連城新得來的粗獷座車和四周的一片天蒼野茫的確相稱，一定羨煞了每隻路過的羊咩咩。張雁鳴在心裡偷偷感到好笑。

天氣冷，他們沒在車外久待，很快又重新上路。

接下來的這段路在兩年前實在苦不堪言，徒步一分鐘就像一小時那麼久，今日以四輪代步，天氣又好，似乎才一眨眼就看見小村入口，以及座落在村子最外圍的酒館兼旅店。

少了狂風驟雨干擾視線，此刻是他們第一次看清楚這間旅店的全貌，當然也看明白建築物久歷風霜的滄桑外觀。

總裁忍不住舊話重提，「爲什麼他們不兌現支票，好好整頓一下？」

連城笑著搖頭，一面將這輛龐然大物開進建築物旁邊的空地。

爲了躲避寒冷，他們一下車就快步竄至店門口。推開門，懷念的溫暖空氣和食物香味撲面而來，還多了人聲喧嘩。兼營酒館的小旅店今晚有四、五桌客人正吃喝談笑，比上回的風雨夜熱鬧許多。

開關門的鈴鐺聲引來不少客人注意，抬頭看見連城和張雁鳴這兩個外國人，都覺得驚訝，視線逗留得稍久。

兩年前的那位店員也在，他剛送完餐，挾著空托盤經過門口，認出連城他們，驚喜得一雙眼放大成兩倍。

「嘿！」他大聲嚷著，「是你們！哇，歡迎、歡迎！」

那位店員的外型和上回初見時有些變化，頭髮短了，還留起一小撮鬍子，視覺年齡成熟不少。

「讓我想想……兩年了是不是？真想不到你們還會再來，我知道我們店裡滿好的，但也沒到那麼好吧？哈哈！」店員招呼他們到櫃臺，托盤隨手往空桌一放，「今天也住宿嗎？還是吃飯？」

連城還沒回答，張雁鳴搶著先開口，「先回答我一個疑問，兩年前那張支票是不是出了什麼問題，所以才沒有兌現？」

張雁鳴知道連城又在一旁用打趣的目光看他，可他不管，他一定要得到答案。

「原因不是顯而易見嗎？」小鬍子店員驚詫道，好像這是幼兒也能輕易回答的傻問題。「我們用不到那樣一筆錢。」

「用不到？」

「沒有什麼地方需要改變嘛！」

「沒有嗎？」總裁不自覺提高了音調。

「老闆是那麼說的，但是如果你們問我，」店員微微彎身，壓低了聲音說：「我覺得在一樓弄個唱卡拉OK的舞臺應該很不錯。」

「拜託不要！」張雁鳴和連城同時叫道。

小鬍子店員只是聳聳肩，不太在意，反正這個主意遭到反對的次數太多了，他老早就習慣了。

總裁可比他懊惱多了，「兩年前得到你們的幫助，我只是想藉由那張支票表達一點謝意，沒能派上用場，眞是遺憾。」

「有喔，有派上用場，村裡的大家都很受到吸引呢！」

張雁鳴一臉困惑，在他開口要求對方進一步解釋之前，小鬍子店員往旁邊站開一步，露出正後方的牆壁，嘻嘻一笑。

「請看牆上！」

「我的天啊！」張雁鳴倒抽一口氣，連城在他身旁大笑出聲。

是那張小費支票！被裱了框，掛在牆上！

支票不是……支票不是拿來那樣用的！

連城笑彎了腰，眼淚都快飆出來，「太、太棒了！創意一流的作法，換作是我，也會大受吸引。」

「可不是嗎？誰不想親眼看看億萬富豪來我們這裡住過的證明？」小鬍子店員得意洋洋地把木頭外框扶正，又伸出一根指頭抹掉玻璃上的小灰塵，然後轉向張雁鳴，「我上網查過，你眞是有錢得可怕耶，我從沒見過那麼有錢的人，可不可以和你握手合照？」

張雁鳴一愣，點頭答應了。

連城當然熱心服務，充當起攝影師，幫忙他們選定拍照角度，分別用櫃臺和支票當背景，還三個人一起自拍了好幾張。

用餐的客人多是附近熟識的鄉親，都聽過兩年前那一段趣聞，看見連城和小鬍子店員在櫃臺邊嘻笑忙碌，好奇一問，發現那位付了鉅額小費的外國凱子竟然活生生就在眼前，實在太驚喜。

於是酒館的每位顧客、員工都來湊熱鬧，搶著跟傳說中的超級大富豪握手合影，合影完又再次握手，張連二人一時應接不暇，彷彿重回喜宴現場。

鄉親們好不容易表達完熱情，並且滿足了好奇心，陸續各自回座吃飯。小鬍子店員走到櫃臺後方，搓著手笑問：「今天也要兩個房間嗎？帶夠現金了嗎？」

連城也笑著回答，「有現金，但是只要一間房，一大床。」

說完，他舉起左手，亮出婚戒。

小鬍子店員吃了一驚，視線轉去尋總裁的左手，果然看到同款戒指，驚訝變成了欣喜。

「哇塞！恭喜你們！」

他幾步跳過去擁抱連城，像一對久別重逢的老友，這個舉動又把其他人的注意力引來，最後果然又是眾人輪流上前道賀，熱鬧非凡。

✦

「我在國內從沒遇過陌生人向我要求握手合照。」走在前往房間的樓梯上，張雁鳴仍然感到輕微的混亂迷惑，或許還有一點耳鳴。

連城回頭一笑，搖搖手上的迷你籐籃，「是好事啊，我們得到房價折扣，還有一份蜜月套房專屬的糖果禮物。」

喔對，蜜月套房。

張雁鳴很意外這家旅館竟然有蜜月套房。他有些心驚膽戰，因爲他不太想要心型枕頭，或是粉紅蕾絲床單。

幸好，蜜月套房並沒有太誇張的布置。

套房位在邊間，雙面採光，面積比一般雙人房略大，屋裡多了幾樣較精緻的家具，包括一個梳妝臺和一座大衣櫃。面東的牆上設了凸窗，窗臺座位上有幾個圓形抱枕，抱枕布面和寢具窗簾以及其他所有的布製品一樣，印的都是花草圖案，看上去倒也清新秀麗。

除此之外，嘎吱作響的地板、亮度不足的照明、令人懷疑堅固程度的桌椅，當然還有褪色的壁紙，那些兩年前的「特色」也都在。

張雁鳴打開浴室門，果不其然，和上次的雙床房相同，在他眼裡全都需要更換新設備，旅館老闆應該要兌現那張支票！

張雁鳴走出浴室，連城剛好巡完房間一圈，正伸手按壓床墊，「很不錯的蜜月套房。」

聞言，張雁鳴眞是一點都不意外，連城的眼睛大概掛了某種神奇彩虹濾鏡，看什麼都好。不過，連城的好評語好心情，總能讓他也感覺很好，他微微一笑，拿著脫下的外套往衣櫃走去。

木製衣櫃有股淡淡天然香氣，用的材料倒很不錯。

張雁鳴剛掛好外套，連城暖爐般溫熱的身軀便從後方貼上他，一雙手繞過來，滑到他的胸口，熱心地爲他解開襯衫衣扣。張雁鳴並不阻止，手扶著衣櫃門，雙眸半閉，動也不動。

連城才解開三顆衣扣，指頭便等不及地伸進衣內，撫過每一寸搆得到的肌膚，還故意讓微涼的婚戒擦過張雁鳴的乳尖。

張雁鳴忍不住呻吟，他聽見連城在他耳邊低語。

「我們結婚了，」連城靈巧的軟舌輕觸他的耳窩，「你的丈夫正在碰觸你的身體，感覺到了嗎？」

只不過是陳述事實，卻引起張雁鳴全身一陣酥麻，雙膝酸軟。這種時候，誰還在乎他們沒有登記，不算正式結婚，連城還不能名正言順自稱是他的丈夫。

張雁鳴難耐地轉過身，連城立刻攫住他的臉，四片唇瓣熱烈地纏在一起，交換著飢渴又有些混亂的吻。

他們拉扯著彼此的衣服，一路往床邊移動，彈飛了幾顆鈕扣。然而無所謂，這回他們帶了行李，替換品很多。

張雁鳴的膝窩碰到了床緣，人往後躺倒，連城順勢彎下身，扯下對方的長褲，那也是張雁鳴身上僅存的衣物。隨後連城直起身，快速脫掉歪七扭八纏在自己身上的衣褲，也爬上床去。

乘載兩人重量的床架發出令人憂心的嘎吱聲，他們立刻煞住動作，深怕這件古董家具下一秒鐘就要解體。

幸好，床架只是抗議，還不到罷工的時候。

張雁鳴率先笑出聲，他把兩條腿縮到床上，讓出空間給他的戀人……不，現在是他的丈夫了。他胸口一暖，臉頰輕微發燙。

連城躺到他的身邊，兩人側著身面對面，伸手將彼此拉近。

經過一年多激情與甜蜜兼具的美滿性愛，張雁鳴在連城面前已經做得到完全放開，赤身露體時也能坦然享受連城全面的關注，包括視線、撫觸、肌膚與肌膚的貼合。

他也盡全力給予連城同樣的待遇，兩人的性器都已處在半勃的狀態。

連城下過很大的功夫鍛練身體，而張雁鳴正在品嘗豐碩的成果，他的雙手四處游移，揉過每一處結實飽滿的肌肉。

「你說你沒當過零，有原因嗎？」他的手掌在連城的腰臀附近來回摩娑。

連城聳聳肩，「沒什麼特別的原因，我習慣讓對方選擇，要不是他們對我的……那個……」他朝自己腿間的器官比劃了下，「太愛不釋手，不然就是沒人對我的屁股感興趣。」

張雁鳴睜大了眼睛，「不可能，我就很喜歡你的屁股。」

也不知是有意還是巧合，張雁鳴說這話時，手掌正好掐在連城的翹臀上。大概是張雁鳴的語氣和動作太熱切太突然，他們兩人同時嚇了一跳。張雁鳴的耳朵一下子燒燙了。

「你、你想要嗎？」

其實張雁鳴從沒認眞考慮過這件事，直到連城這麼問他。

本來他打算否認，然而連城聲線裡的一絲異樣惹起了他的注意。再仔細一看，連城的臉色也比往常紅得多。

那不可能是羞怯吧？

張雁鳴吞回本來想說的話，翻身壓上連城，雙手按著他的肩頭。連城也順應形勢轉爲仰躺，抬起臉來。

「你是第一次吧？這裡是蜜月套房，今晚總要有人失去處子之身。」張雁鳴半開玩笑地說，可是他的身體不覺得這是玩笑，匯聚在下腹的欲火一瞬間燒得更旺更熾熱。

那樣一具硬物頂著自己的肚子，連城當然不可能沒有感覺，他怔怔望著自己的丈夫，嘴巴開闔了幾次，說不出話。

張雁鳴以爲那代表拒絕，微微笑道：「不鬧你了，我只是開玩笑。」說著他鬆開手，就要從連城的身上離開。

「不、不是啊！」連城抬起一隻手拉住他，另一隻手急忙又加上來，試著把張雁鳴拉回自己身上，「別走！我、我很願意，只是太驚訝，有點措手不及。」

總裁半信半疑地看著連城。

「我眞的願意！」爲了表達自己堅定的心意，連城迅速翻身俯趴，用手肘和膝蓋撐著身體，往後往上高高抬起腰臀，「來吧，快點！快用你的巨大雄偉滿足我的飢渴空虛！」

連城裝模作樣地高聲呻吟，用力搖了搖屁股，百忙之中還伸長手抓到潤滑劑扔給總裁。

總裁接住潤滑劑，似笑非笑地噴出一口氣。不是自謙，但是他的生殖器官並不巨大雄偉，只是普通的中等尺寸。

連城的性器外觀也和他差不多，無論形狀、觸感，或者堅硬程度，他都很滿意喜歡。不是說有什麼可供比較的對象，而是他就是覺得連城的東西是最好的，長度可以頂到他體內的那處絕妙位置，柱體的粗細恰到好處，能適當撐開他的身體，讓他在性交隔天仍有感覺，卻不至於造成疼痛，影響日常生活。

張雁鳴感覺到自己變得更硬了些，心底情潮湧動。

當零的經驗很美好，他也想給連城同樣的體驗。再說，他從沒見過比此刻的連城更性感的畫面……喔，除了有一回，連城裸身跪在他面前，含著他的性器吸吮吞吐，從頭到尾用比裸露的肉體更赤裸的目光看著他……

張雁鳴悄悄做了一次深呼吸，抬手放上連城的臀部，心跳陡然加快。連城的屁股圓翹飽滿，跟其他所有的部位一樣練得很精實，手感再好不過。他稍微使了一點力，讓臀肉在他的掌心彈動，然後著迷地盯著。

「你眞的確定嗎？」如果連城現在反悔，他會相當失望。

連城低著頭，前額靠在手臂上，「只、只要能籌到一百萬醫療費救我妹妹，我、我願意爲總裁做任何事。」

說完，連城還假裝啜泣兩聲。

哦，挑的是賣身救妹的窮苦好哥哥劇本嗎？如果這是連城應付緊張的方法，張雁鳴很願意配合。

「一百萬？」張雁鳴俯下身親吻連城的背脊，一路吻到腰椎尾端，「寶貝，你值得一千萬。」

他盡力了，寶貝兩個字讓他頭皮發麻。

連城忽然扭過頭來，「一千萬是買斷，還是單次計價？」

總裁正在打開潤滑劑的手指停頓了一下，「單次計價也太貴了吧？一千萬難道不夠付醫藥費？你妹妹沒有健保嗎？」

「但是醫療以外還有很多花費，手術後要請看護、要長期復健，公寓也要改裝成無障礙空間——」

張雁鳴只能想到一個阻止這段對話的方法，他把裹滿潤滑液的手指擠進連城的股間入口，連城果然吃了一驚，叫出聲音。

總裁立刻感到後悔，「對不起，我太粗暴了，很痛嗎？」

雖然他才放入一根手指而已。

「不，不是痛……感覺很奇妙，很、很難形容……」連城喘了幾口氣，臀部更往後推，似乎想要張雁鳴的手指插入得更深，「再來，更多一點。」

回憶自己的經驗，張雁鳴可以了解何謂難以形容的奇妙感受。

在連城又求了幾次之後，他加進第二根手指，照著記憶中對方的做法，小心緩慢地撓弄、揉壓。他感覺得到連城在他的努力之下逐步放鬆，張開了身體，變得柔軟。

他彎下身，盡量緊貼住對方，耳朵靠在連城的左上背，聽見跟他自己一樣快速的心跳聲。他的一隻手繞到連城的正面，滑過結實的小腹，碰觸到連城的性器，熟悉的堅硬與灼熱在他的掌心裡劇烈脈動。

這樣的反應是僞裝不來的。張雁鳴知道自己做得不錯，自信突增，心裡偷偷高興，在連城體內的手指也終於找到那一處微小凸起。

連城高聲呻吟，身體一陣抖顫，性器的前液滲出，濡濕了柱體。連城忽然可以理解爲什麼從前沒有人想要與他交換位置，那種流竄全身的快感實在強烈得叫人吃驚。

張雁鳴增加了手指，又去搓揉連城體內的那處敏感點，還握緊他的性器套弄起來，簡直毫無節制。

連城持續喘息呻吟，身體不由自主綳緊，兩條腿卻覺得酸軟。

好不容易，他生出力氣，伸手阻止總裁繼續刺激他的性器，「先、先不要……我怕我會射出來……」

張雁鳴怔了一怔，「沒關係，你不必忍耐。」

他不覺得那有什麼不可以。

連城轉過頭來，臉色是極好看的緋紅，甚至眼角也染了一點顏色；他劉海凌亂，髮梢還帶幾粒汗珠，在燈光下微微發亮。他斜斜瞥眼望向張雁鳴，眼眸中情欲盪漾，又微蘊笑意。

如果連城的這一眼是要阻止什麼，那可是完全弄錯方向，總裁不僅感覺到股間的難耐躁動，連心臟也揪了一瞬。只要連城不拒絕，今晚絕對有人要在這裡失去處子之身。

連城側首枕著手臂，嘴角揚起，微喘著氣說：「如果我就這樣射了，你一定捨不得繼續做下去，我必須……必須……對得起總裁的一千萬。」

到底為什麼連城這傢伙可以同時表現出嫵媚和淘氣？張雁鳴笑了一聲，湊到他耳邊說：「轉過身來，我想看著你的臉。」

連城照著要求，翻身仰躺，敞開了雙腿，在那中間的部位，無論前方或後方，都已被弄得濕潤。

張雁鳴費了點功夫調整姿勢，他抓著連城的臀肉，性器先抵在入口，微一猶豫，然後往裡輕推。

好緊！

他們目光相接，張雁鳴的眼裡流露出一絲不確定。

連城朝他微笑，一面盡量放鬆身體，一面安撫他道：「沒問題的，你可以……可以用點力氣推，只要慢慢的……」

事實上，要快也難，太緊了。

張雁鳴只推進一部分，感受到的刺激已經讓人難以招架。連城的通道那麼緊那麼熱，他感覺舒服，又擔心連城疼痛，心裡矛盾糾結，在眉心揪出了兩道深刻紋路。

連城的感受卻是完全不同的另一回事。

總裁蹙著眉凝視他的那份專注與熱切，他一向最喜歡，肺腑裡的所有空氣彷彿都被引燃，他感到呼吸困難，神魂蕩漾，欲望染在眼底，漲滿在下腹，幾乎要炸開來。

他急不可待地抬起腰，催促道：「可、可以了，現在一口氣進來！」

張雁鳴才不要做那麼粗魯的事，但是連城用雙腿勾住他的腰，積極主動地拉扯，根本不給他選擇的餘地。張雁鳴咬住嘴唇，半被動地推到了底，直到不能再前進分毫。

他迷失在比想像更美好的緊熱當中，模模糊糊間聽見連城的嘶聲，又立刻清醒，僵住不動。

「你、你還好嗎？」

連城吐出一聲嘆息，短暫閉了閉眼，「從來沒這麼好過……」

「……真的？」

「除了我們位置調換的時候。」連城朝他眨眨眼。

張雁鳴不知道該如何反應，他的雙手撐在連城的身體兩側，還是不敢妄動。

「眞的，你可以動了。」雖然連城這麼說，張雁鳴依舊猶豫，於是連城換了個提議，「或是，先吻我？」

張雁鳴眉間的紋路消失了，眼神也變得溫柔。他彎腰俯身，連城仰起頭，在半路攫住他的唇，舌頭撬開唇瓣，輕易地入侵，掃掠過對方口中的每一處敏感與脆弱。

他們的深吻伴著情色的水聲，張雁鳴的腦袋輕微發暈，身體顫了一顫，壓著連城一起陷進被褥。這樣的大動作牽引到了腰臀，性器因此插入得更深，和柔嫩的內壁相互擠壓，在兩人體內激起陣陣快感的漣漪，他們的呻吟全被彼此的唇舌吞沒。

「舒服嗎？到目前爲止，我讓總裁滿意嗎？」連城低聲問，嗓音略微沙啞，很性感。

「嗯……」張雁鳴說不出完整語句，只是微笑點頭，歪過腦袋去親吻連城的頸子。

眞正開始抽插律動之前，張雁鳴在腦中溫習過幾次連城的做法。他有意仿效，卻很快發現沒有必要，因爲索要彼此在他們之間是最自然而然的欲求，他們的靈肉是如此契合，他憑藉本能與感覺，就足以找到最適合的節奏。

連城似乎沒有辦法停止碰觸他的新婚夫婿。

張雁鳴的性器深埋在連城體內，肩膀被連城緊緊擁著，腰上勾纏的是對方的雙腿，他的整個人都被包圍，被連城的炙熱所吞噬。

無論哪種形式、體位，是壹還是零，自己是何其幸運，受到如此深切的渴望，張雁鳴恍惚地想著，喜悅從心口淌出來，在他們周遭漫成一片汪洋。

不大的蜜月套房裡，肉體拍擊的曖昧聲響迴盪，鵝黃燈光在地板上打出的剪影凌亂。

床架再度發出哀鳴，全部被連城的叫聲蓋過，起初沒有人在意，緊接著整張床劇烈搖動，床腳在地板上拖動了或許一兩公分，床頭砰地撞上木板牆壁。

張雁鳴一頓，動作慢了下來。

「別、別停下來……」連城喘著氣啃咬張雁鳴的頸子。

那裡是張雁鳴極爲敏感的部位，酥酥麻麻的快感瞬間傳抵每一根神經末梢，直達下腹，他輕抽一口氣，腰臀快速搖動起來。

連城的身體越發緊熱，更多的呻吟從他口中洩出來。

「對了……對……就是這樣、是這樣……更用力一點，用你的全力……我想要……需要你……」連城一遍一遍催促著、索求著。

張雁鳴的確傾注了全力，毫無保留，儘管在強度上無法與連城比擬，但是從連城眼裡的迷亂判斷，對方一點都不介意。

張雁鳴空出一隻手擠進他們的下腹之間，握住連城濕潤的性器套弄，他看見連城的腹肌明顯繃起，看著連城在狂喜中顫抖，在釋放時呼喊著他的名字。

他的高潮也緊隨在後，像一股灼熱卻溫柔的氣流將他捲向半空。重力彷彿失去作用，他漂浮著，在無邊無際的喜悅與寧靜之中，不知經過多久，然後緩緩飄落。

他發出一聲悠長且滿足的嘆息。

從連城的身體退出之後，張雁鳴彷彿用盡最後一絲力氣，手一鬆，直接趴在連城身上。精液在他們之間一團黏糊，還沾了些許汗水，他都不在乎了。

連城低笑一聲，伸手攬住他，輕輕揉著他的後頸。

過一會兒，張雁鳴的呼吸終於恢復平順，也找回一點力氣，他撐起自己，親吻連城的下頷、嘴角。

「你有享受到嗎？覺得滿足嗎？」

連城懶洋洋地笑了笑，「如果那還不叫享受，我就是世上最貪得無厭、最不老實的混蛋，你最好趕快甩掉我。」

張雁鳴對連城的答案感到滿意，他挪動身體，把頭躺到枕上，鼻尖靠近連城的頸窩，「我沒那麼容易放棄，你若是不夠享受，我會更加努力。」

「不需要，你已經夠好了，我相信整間旅店的人，都會對我們的激情程度感到非常佩服。」

「我就知道！」張雁鳴一下子跳起來，臉上才要開始消退的紅色一口氣又全部回來了，「我就知道我們弄出的聲音太大！喔不……不是我們，是你，你叫得好大聲。」

他瞇眼瞪著連城。

「嘿，那是優點耶！」

連城笑著抱住總裁，在對方的嘴上重重親了兩口，才笑嘻嘻下床。他的動作大了一點，屁股立刻以痠痛表示抗議。

那倒是種新鮮的感覺。

他走到牆邊，打開放在地上的行李箱，取出兩人的換洗衣物和沐浴用品，連拖鞋也備妥了。

「我建議我們先洗個澡，吃碗泡麵當點心，然後再來第二回合。」

本來又躺回床上的總裁倏地坐起，雙眼發亮。

「我從沒吃過泡麵！」

連城一愣，「你知道這整套流程的重點在最後一項吧？」

張雁鳴曖昧一笑，「只要我吃到泡麵，之後你想吃什麼都可以。」

連城張著嘴，說不出話。總裁說的「吃」是他心裡想的那種「吃」嗎？但是總裁幾乎不使用性暗示，這中間必定有什麼誤會。

張雁鳴也下了床，拿了洗髮精、沐浴乳，轉身往浴室走。

連城如夢初醒，快步跟上去。

「讓我先釐清一件事，」連城倚在浴室門口，聽見裡頭水聲流動，「你剛剛說的吃，前一個『吃』和後一個『吃』，是同一種吃嗎？」

「你不進來嗎？」

總裁的詢問透過淅瀝水聲傳來，連城更困惑、更急切了。

「哪、哪一種進來？進浴室？還是更深入的……進來？我是說，進去？」他快要不知道自己在說什麼了。

張雁鳴朝他走來，握住他的手，「進來就知道了。」

說著總裁勾唇一笑，將人拉進浴室。

經過這一夜，連城驚喜地發現他的丈夫真的獲得了新技能，現在的總裁會使用性暗示了。

後記
歡迎任意想像攻受！

謝謝你們看到了這裡，接下來就是作者最苦惱的「用胡言亂語硬塞的後記」了，請多多指教！

希望沒有太多人在看文的過程中，覺得自己站錯了攻受。其實，大多數時候他們在我心中並沒有明確的攻受之分，剛開始動筆時，我甚至想過要整篇文清水到底，那就更加沒有分攻受的必要了。

後來在張家老宅的那場床戲，總裁決定讓有經驗的人來做擅長的事，所以交給連城主導。連城理所當然就做他熟悉的攻方，就是這樣而已。

包括番外在內，他們倆的攻受位置正好平均分配，一人都各被描寫過一次，未來他們大概也是看心情來決定吧！我覺得看文的讀者也一樣，大家喜歡誰多攻一點，誰多受一點，都有可能，歡迎任意想像，我身爲作者，一點意見也沒有。

再來說幾則番外塞不進去的無用後續吧！

江仲棋醫師在下冊再次出場了，那是連載時沒有的段落，雖然只有一點點。在連城和總裁正式交往後，江醫師終於相信總裁是眞的對他沒有意思，他和總裁之間的友情也逐漸恢復，現在又是朋友了。除此之外，江醫師有點害怕連城把他的假面婚姻對外抖出去，所以對連城非常客氣友善。

張曉峰有長高，大概是小學六年級開始長個子的，上高中時，他已經跟連城差不多高了。他和小叔叔以及連城叔叔的關係一直都很好，也常去三隻羊的廚房玩，跟楊大廚學了點基本料理功夫，因爲他覺得自己不能像小叔叔和連城一樣廢，連用電子鍋煮飯也不會。連城因此覺得自己更加不用學做菜了，反正拜託小猴子煮就好了嘛！

許多年後，張曉峰順利從張雁鳴手中接班，是個帥氣強勢的霸道總裁。他的大妹張海桐接掌了萬歷金控，同輩中只有他們倆對經營家族事業有才能又有熱忱。

張蝶語和小畫家有個獨生女兒，張延齡夫婦疼愛得要命，從張蝶語坐月子期間就開始各種關切探訪與下指導棋，偏偏兩位老人家根本沒有親自帶過一天小孩，大多數時候都是來添亂玩孫被伺候，身爲主要照顧者的小畫家精神上很辛苦。

一如我的習慣，這個故事是從網路連載開始的，任何篇章都是寫完就貼出去，然後將每次接收到的回應化爲日後寫文的動力。

至於那篇僅限收錄於實體書的番外，當然就沒辦法這麼做了。

不曉得大家對於番外〈婚宴之後〉當中的攻受對調有什麼感覺？讀了喜不喜歡？無法即時獲得讀者的回應，實在讓人焦慮啊……所以，如果可以的話，請把你的想法告訴我吧！我的主要活動地點在噗浪，循著書上折口印著的網址，或是上網直接搜尋書名就能輕易找到我了。（我知道我的筆名很難搜……）

由於萬歷集團被設定成很大的事業體，許多領域都有涉及，只用一次未免可惜。

我打算將來若是再寫到現代都會故事，就會沿用同一個世界觀，或許是萬曆銀行的分行經理，或許是萬里航空的機師……諸如此類，我心裡有好多想寫的點子，希望能趕快讓大家看見。

謝謝辛苦的編輯們，以及購買、閱讀本書的每一位讀者，感謝的話都在上冊後記寫過了，就不再重複，心意卻是一點都沒有少喔！

很謝謝你們，期待日後再見！

白狐

國家圖書館出版品預行編目資料

一個價值連城的小忙／白狐著. -- 初版. -- 臺北市：
城邦原創股份有限公司出版：英屬蓋曼群島商家
庭傳媒股份有限公司城邦分公司發行, 2021.01
面；公分. --

ISBN 978-986-99411-4-3（上冊：平裝）. —
ISBN 978-986-99411-5-0（下冊：平裝）

863.57　　109019719

一個價值連城的小忙（下）

作　　者／白狐
企畫選書／楊馥蔓
責任編輯／楊馥蔓

行銷業務／林政杰
總 編 輯／楊馥蔓
總 經 理／伍文翠
發 行 人／何飛鵬
法律顧問／元禾法律事務所　王子文律師
出　　版／城邦原創股份有限公司
台北市中山區民生東路二段 141 號 6 樓
電話：(02) 2509-5506　傳真：(02) 2500-1933
E-mail：service@popo.tw
發　　行／英屬蓋曼群島商家庭傳媒股份有限公司城邦分公司
聯絡地址：台北市中山區民生東路二段 141 號 11 樓
書虫客服服務專線：(02) 25007718・(02) 25007719
24小時傳真服務：(02) 25001990・(02) 25001991
服務時間：週一至週五09:30-12:00・13:30-17:00
郵撥帳號：19863813　戶名：書虫股份有限公司
讀者服務信箱 email：service@readingclub.com.tw
城邦讀書花園網址：www.cite.com.tw
香港發行所／城邦（香港）出版集團有限公司
地址：香港灣仔駱克道 193 號東超商業中心 1 樓
email：hkcite@biznetvigator.com
電話：(852)25086231　傳真：(852) 25789337
馬新發行所／城邦（馬新）出版集團 Cité(M)Sdn. Bhd.
41, Jalan Radin Anum, Bandar Baru Sri Petaling,
57000 Kuala Lumpur, Malaysia.
電話：(603) 90578822　傳真：(603) 90576622
email:cite@cite.com.my

封面設計／Gincy
電腦排版／游淑萍
印　　刷／漾格科技股份有限公司
經 銷 商／聯合發行股份有限公司
電話：(02)2917-8022　傳真：(02)2911-0053

■ 2021 年（民 110）1月初版　　Printed in Taiwan

定價／300元

ISBN　978-986-99411-5-0

POPO城邦原創 www.popo.tw　城邦讀書花園 www.cite.com.tw